La jalousie est un vilain défaut

Roman

HUGO LÉGER

La jalousie est un vilain défaut

Roman

Faubourg * Marigny

Les éditions XYZ Inc.
1815 avenue de Lorimier, Montréal
(Québec) Canada H2K 3W6
Téléphone : (514) 523-1523
Titre original : La jalousie est un vilain défaut

Éditions Faubourg Marigny
La Geste - 11 rue Norman-Borlaug
79620 La Crèche
E.mail : contact@gesteditions.com
Tél. 05 49 05 37 22

Retrouvez-nous sur www.faubourg-marigny.fr,
ainsi que sur Facebook, Instagram et Pinterest.

ISBN : 978-2-490746-40-8
Dépôt légal : mai 2021

À Danièle, Anne et Mathieu,
mes sœurs et frère pour l'éternité.

Chères lectrices, chers lecteurs,

Avez-vous déjà voulu lire la biographie de votre actrice de cinéma préférée ? Savez-vous, au fond, comment se passe l'écriture d'un tel livre ? Quand on propose à Philippe, alcoolique misanthrope, d'écrire la biographie de Laurence, star de cinéma qui explose aux États-Unis, il ne dit pas non. Mais il est loin de se douter que son projet de biographie va déraper – tout comme sa santé mentale –, déchiré entre les exigences de toutes les personnes impliquées. Et vous, lectrices, lecteurs, allez être aspirés dans une spirale dont il va être bien difficile de s'extraire…

Très belle lecture,

L'équipe éditoriale de Faubourg Marigny

Faire preuve de jalousie, c'est mettre au jour
la crainte qu'on a d'être effacé.

Stanislas Leszczynski, 1764

1.

Le beau temps qui s'étire depuis des semaines sur les Laurentides rend le métier de Miss Météo encore plus inutile. Chaque jour rivalise de gloire avec le précédent. Les cigales vont perdre la voix si ça continue.

Le ciel est d'un bleu laiteux, légèrement délavé, couvert d'une couche de nuages diaphanes qui courent en longs filaments, comme un blanc d'œuf qu'on aurait échappé dans une soupe chinoise. Quand un cumulus vient à faire de l'ombre, les têtes se tournent pour savoir qui a osé.

Il n'y a jamais eu autant de reflets d'or sur le lac Manitou. Celui qui réussira à les récolter sera riche pour l'éternité.

À l'inverse, les cieux pourraient se déchaîner que les sœurs Charier n'abandonneraient pas leurs jeux. Enfants de la forêt, habituées à se rouler dans la mousse des sous-bois, à mêler leurs chants à celui des huards, à capturer les moustiques à mains nues, elles prennent la météo qu'on leur donne sans se poser trop de questions.

Le quai flottant qui tire un trait rectiligne sur les paisibles rondeurs du lac leur sert de terrain de jeu. De royaume. Elles règnent sans partage sur cette presqu'île enchantée qu'une étroite passerelle relie au continent adulte. Elles aiment qu'il tangue au gré des clapotis ; ce doux déséquilibre sous leurs pas les enivre plus qu'il ne les effraie.

Couchées sur le ventre, elles observent les patineuses à la surface du lac. Elles ne se lassent pas d'admirer leur ballet. Comment font ces insectes pour ne pas sombrer dans l'abîme, pour glisser aussi gracieusement au fil de l'eau ?

Tout est source de fascination chez elles : les yeux exorbités des ouaouarons jouant à cache-cache dans le feuillage des nénuphars, les tamias, qu'elles appellent des suisses, poussant des cris stridents dès qu'elles approchent. Elles sont pareilles à ces ménés qui viennent leur chatouiller la plante des pieds : insouciantes du danger, vivant au jour le jour, se déplaçant en banc de deux, collées l'une à l'autre. La succion des petits poissons les excite et leur répugne à la fois. Elles rient.

Ce sont de petites sauvageonnes, parfumées à la gomme de sapin et à la brise des feux de camp que leur grand-père allume le soir pour y faire griller les guimauves.

— Va chercher l'épuisette, demande Chloé, avec l'autorité cassante que lui confère son statut d'aînée.

Elle a trois ans de plus que sa cadette. En contrepartie, son ancienneté s'accompagne d'une responsabilité, celle de surveiller sa petite sœur. Le paradoxe l'amuse : elle la protège et la martyrise en même temps.

Bien qu'elle soit au paradis, étendue sur le bois trop chaud du quai, Laurence se lève. Quand Chloé lui demande quelque chose, elle n'est pas du genre à rechigner. Sa grande sœur peut lui réclamer ce qu'elle veut. Dans sa tête, bien qu'elle la trouve méchante parfois, elle a la conviction profonde qu'elle l'aime. Elle est toujours là quand sa maman est partie. Elle s'occupe d'elle.

De son côté, Chloé consent à jouer avec Laurence, même si sa petite sœur fréquente encore la maternelle. Qu'elle ne sait pas lire, contrairement à elle. Tant que ses amies ne la voient pas en sa présence, ça passe. En échange de son amour, Laurence accepte son rôle de servante à temps partiel. L'amour de Chloé peut sembler conditionnel, mais c'est de l'amour quand même.

Laurence revient avec l'épuisette, étourdie par la chaleur, dans la lune, cet astre qu'elle ne se lasse pas de visiter. Elle ne regarde jamais où elle met les pieds. Elle s'accroche dans la corde qui retient le pédalo au quai, perd l'équilibre et tombe à l'eau.

Laurence est toute petite. Cinq ans à peine. Dans ce lac immense, elle n'a pas pied. Elle ne sait pas nager. Elle s'agite dans tous les sens, peine à garder la tête hors de l'eau.

Chloé prend plaisir à la voir se débattre. On dirait une truite qui vient de mordre à l'hameçon.

« Chloé ! Chloé ! » Laurence appelle sa sœur au secours, avalant de grandes gorgées d'eau entre chaque supplication.

Chloé ne veut pas qu'elle se noie. Seulement lui donner une leçon. Lui rappeler que si elle n'était pas là, elle périrait noyée.

Laurence coule. Elle ne comprend pas que sa sœur ne lui tende pas la main. Pourquoi ne lui lance-t-elle pas une veste de sauvetage ? Qu'est-ce qu'elle attend ? Elle ne sait pas nager. Elle va mourir, c'est sûr, si son aînée ne l'aide pas.

Elle sent tout à coup des bras la soulever et la déposer sur le quai. Elle tousse, crache de l'eau et frissonne de tout son corps. Elle a eu tellement peur. Chloé étend sa sœur sur les planches chaudes, puis la regarde longtemps, jusqu'à ce que la petite rouvre les yeux. Elle lui administre alors le bouche-à-bouche. Laurence se laisse faire, même si l'haleine de sa sœur la dégoûte.

— Tu voulais que je me noie ? demande Laurence.

— Non, ma chérie, je t'aime trop pour ça.

Chloé aime le mot « chérie ». Ça la vieillit. Sa mère l'emploie souvent quand ses amies viennent manger à la maison.

— Même pas vrai. Tu me détestes. Moi aussi, je te déteste !

— Ta gueule ! Souviens-toi que c'est moi qui t'ai sauvée.

2.

Cet épisode est mort-né. Il sonne comme une fausse note dans une biographie autorisée. Je l'ai écrit pour le plaisir de l'interdit, sachant qu'il ne verrait jamais le jour. Il est littéraire à l'excès. Le commun des lecteurs reste un lecteur commun. Surtout celui qui consomme ce genre de bios, dressé à l'idée que le style s'efface devant le sujet.

Ce passage est trop dur aussi. Laurence m'a peut-être donné la permission de vider les squelettes de son placard, mais elle a exigé d'un ton sec de ne pas exhumer celui-ci. Elle a le dernier mot. C'est dans sa vie que je farfouille après tout.

La confidence est un terrain hasardeux sur lequel l'être qui s'épanche peut aisément perdre pied. Une fois libérée, inconsciente des débordements qu'elle risque de provoquer, semblable à une coulée de boue se détachant de la montagne, jusqu'à ne plus savoir où s'arrêter, elle ne parvient qu'à provoquer remords et repentirs. « Je suis allée trop loin », « Mes paroles ont dépassé ma pensée », « Je n'ai jamais dit ça », « Tu as interprété mes paroles », j'ai tout entendu de la bouche de ceux qui exigeaient mon silence.

Nous n'en étions qu'à notre deuxième entretien. Laurence m'a confié l'épisode du quai sans trop savoir comment disposer de ce panier de linge sale. Quelques heures plus tard, elle m'a appelé pour me dire que cet aveu, a posteriori, appartenait à son jardin secret. Qu'il resterait lettre morte.

« C'est trop personnel. Nous n'étions que des enfants. Ça n'a aucun lien avec les choix que j'ai faits dans la vie. »

Je l'ai rassurée. Le dossier était clos.

Je ne suis pas une commère. Je suis biographe. Nuance. On ne peut tout rapporter quand on pratique ce métier. Il faut apprendre à séparer le bon grain de l'ivraie. À gagner des batailles, en perdre plusieurs, souvent la guerre. Je marche comme un funambule sur une fine ligne, un long ruban tendu entre deux précipices, d'un côté, les dorures suspectes de l'hagiographie, de l'autre, les banales obscénités de la réalité.

L'intérêt d'une bonne bio vient clairement du dévoilement de la vie privée du sujet, mais je ne suis pas un violeur d'intimité. Toute vérité n'est pas bonne à lire. Pas plus qu'à dire, surtout quand la biographie est autorisée, qu'elle se développe avec l'assentiment de la personnalité, et le plus souvent, de sa garde rapprochée. On ne peut que s'incliner devant le refus. Je ne force pas la porte. Un pied suffit. Le reste est affaire de négociation.

Comment ne pas aller trop loin ?

J'ai appris avec le temps et quelques claques derrière la tête à ne retenir les mauvais épisodes que s'ils éclairent les plus glorieux. À n'épingler les vilains défauts qu'à la condition que des qualités d'envergure comparable ne les transcendent.

Je ne suis pas là pour traîner Laurence dans la boue, ni la porter aux nues. L'exercice serait douteux dans les deux cas.

Non, je suis payé pour la dessiner à ma façon. Laurence est mon modèle vivant, et je la reproduis, trait par trait, ride par ride, en proposant mon interprétation. J'essaie de révéler au grand jour ce que le monde ne sait pas, ou d'exposer ce qu'il sait sous un éclairage nouveau. Le dire autrement, dans mes mots et ceux de mon sujet emmêlés.

Pourquoi noircir le portrait? Le public, et pas juste le mien, ne se fatigue pas des belles histoires qui finissent bien. L'horreur médiatique et sa petite sœur hideuse, l'indifférence, n'ont pas réussi à assassiner notre faculté d'émerveillement. Raconte-moi l'épopée de la fillette d'origine modeste, devenue princesse, que je rêve une autre fois.

On vieillit très peu, finalement.

J'écris des contes de fées modernes.

Je suis le scribe des nouveaux pharaons.

3.

Mon éditeur m'a parlé pour la première fois de Laurence Stewart lors d'une banale conversation téléphonique au sujet de mes redevances. Je n'en connaissais pas beaucoup sur elle, sinon ce que tout le monde en savait. C'est-à-dire pas mal. Impossible de passer à côté de la célèbre « actrice du Nord ». Son visage s'étalait comme du papier peint dans la presse people. Elle avait réussi l'exploit de faire l'unanimité autant auprès des médias populaires que spécialisés. Un oiseau rare dans le paysage culturel.

Bien sûr, j'avais vu *Oseras-tu ?*, le long métrage qui l'avait propulsée au firmament, réalisé par Hubert Breitman, un jeune cinéaste qui y avait mis son âme et la totalité de ses économies, croyant que ce premier opus serait sans doute son dernier.

Ce film coup de poing, façon *Roméo et Juliette* de l'an 2020, boosté aux amphétamines, avait fait le tour du monde. Il était passé à un cheveu de remporter la Caméra d'or, récompensant le meilleur premier film à Cannes. Laurence avait récolté au passage une flopée de critiques dithyrambiques, ici et à l'étranger. Les plus entreprenants la comparaient déjà aux grandes du septième art.

En bons loups, les journalistes culturels avaient flairé la chair fraîche et l'idole en devenir, libérant assez d'air chaud pour propulser le ballon jusqu'au ciel.

Laurence avait gagné à la loterie. Elle était passée de l'ombre à la lumière en un seul film. D'où sortait cette fille à la beauté polaire, se demandait-on, sans formation et criante de vérité, ceci expliquant sans doute cela ?

C'était elle, Lili, non ?

Les interviews se sont enchaînées. « Vérité », « instinct », « naturel », ce sont les mots qui revenaient sans cesse pour la décrire. Et Hollywood, qui a autant besoin d'authenticité que de frivolité pour faire tourner la machine, a vite fait de l'attirer dans ses filets.

J'avais aussi regardé ses films plus récents, dont le dernier, *Star Light*, un blockbuster typiquement états-unien dont on attendait beaucoup, et qui n'avait pas connu le succès critique que l'on espérait. Mais la critique est-elle vraiment importante aujourd'hui ? Les critiques, on s'en fout, les journalistes, encore plus. Ce n'est plus l'élite médiatique qui mène le jeu. Le regard de l'un vaut bien celui de l'autre. La presse culturelle spécialisée, celle basée sur l'expérience, sur l'érudition, sur la connaissance approfondie d'une discipline est en voie de disparition.

Je suis allé lire ce que Wikipédia en disait. « Laurence Stewart, née Charier le 28 décembre 1989 à Sainte-Agathe-des-Monts, au nord de Montréal, est une actrice franco-canadienne. Révélée au grand public par le premier long métrage d'Hubert Breitman, *Oseras-tu ?*, elle mène une carrière aux États-Unis, enchaînant les films à succès. Gagnante de l'Oscar de la meilleure actrice dans un second rôle pour sa performance dans *The Silence* où elle joue une jeune autiste, prisonnière d'une institution psychiatrique dans les États-Unis des années 1950, elle se… », etc. J'ai arrêté de lire. J'avais compris.

Deux jours plus tard, dans un resto m'as-tu-vu où il m'avait invité à manger ce que je voulais, Gregory Mousseau m'a fait cette « proposition qui ne se refuse pas ». Laurence était à moi, je n'avais qu'à dire oui.

Mon éditeur vend des livres comme on vend des couches. Treize à la douzaine. Son flair est redoutable. Il sait ce que la « petite madame » veut acheter. Il n'aime la littérature que si elle rapporte. Il évolue à des années-lumière de l'image romantique de l'éditeur, amoureux des lettres, se saignant pour ses écrivains, hypothéquant sa maison pour publier cette jeune autrice d'origine algonquine dont tout le monde parle, sauf le vrai monde.

Si je résume, Mousseau est un être opportuniste et cupide, et je travaille pour lui.

Il ne me proposait pas la bio de Laurence, il m'en faisait cadeau, me la donnait en offrande. Je n'ai pas pu m'empêcher de persifler, même si le projet m'intéressait énormément et que je savais qu'il avait encore une fois raison.

— Laurence Stewart ? Attends. C'est pas un peu prématuré ? Shakespeare a attendu trois siècles après sa mort avant que quelqu'un raconte sa vie.

— Arrête ton char, Philippe.

— Qu'est-ce qu'elle a fait de si remarquable ? T'es vraiment sérieux ?

— Très. Laurence est une mégastar. La plus grande actrice que le pays ait connue. Elle a gagné un Oscar, c'est pas rien. *Wake-up, buddy!* D'ici cinq ans, son étoile va pâlir. C'est pareil pour toutes les actrices, à moins de s'appeler Meryl Streep. Il faut battre la star pendant qu'elle est chaude. Je ne sais plus qui a dit ça, mais à 30 ans, on est ménopausée à Hollywood.

Je me suis fait de la biographie une spécialité comme d'autres, les concours d'ingestion de hot-dogs. Laurence sera ma sixième.

Quand Mousseau m'a fait les yeux doux pour écrire la première, j'étais flatté de son intérêt. Heureux de pouvoir enfin faire étalage de mon talent. J'en avais assez de chier de la copie au journal. Ma plume pourrait servir à autre chose qu'à courir après la queue de l'actualité. Je n'éprouve aucune honte à le dire : je cherchais la reconnaissance. Je voulais me faire un nom en me servant de celui des autres.

Le premier à mon tableau de chasse ? Le boxeur Steve Baron, ex-champion du monde des poids moyens. Parce qu'en chaque champion du monde sommeille un ex-champion en devenir, surtout si ton gagne-pain consiste à te faire ramollir la boîte crânienne, et les restes qu'elle contient. Il fallait bien commencer quelque part.

J'ai beaucoup aimé le bonhomme. J'ai découvert un monde fascinant, la boxe, dont je ne connaissais que les clichés, et un être d'exception. Un cœur tendre dans un corps de tueur. Pauvre Steve ! Il a reçu tellement de coups qu'il a toujours une seconde de retard quand il réfléchit ; résultat, il réfléchit le moins possible. Il préfère agir. Il a son orgueil, après tout.

J'ai également raconté l'ascension fulgurante de Mitch Kostas, le roi du souvlaki, devenu le plus grand vendeur d'œufs sur le plat en Amérique du Nord. Le plus riche aussi, porté par le succès des restos de petits-déjeuners qu'il a disséminés sur tout le continent.

Je me suis également commis dans des entreprises moins glorieuses. Le livre de croissance personnelle de Bizoo, par exemple, la star pop d'origine mexicaine, l'idole des fillettes prépubères à la voix de chihuahua hurlant au clair de lune, c'est moi aussi.

Je ne recule devant rien. Je prends la commande et livre la marchandise. Je suis un mercenaire à la solde des têtes couronnées.

Je pratique donc les métiers de journaliste, si c'en est encore un, et d'écrivain, ce qui, dans mon cas, relève d'une paisible imposture. Je gagne ma vie en pigeant comme une mouette dans celle des autres. Je répète dans les plus beaux mots que je puisse trouver et avec les plus belles phrases que je sache composer ce que quelqu'un d'autre m'inspire ou me glisse à l'oreille.

J'ai pris un congé sans solde du journal pour écrire la biographie de Laurence. Je ne suis pas sûr d'y retourner. Il n'y a rien d'aussi périlleux que le journalisme ces jours-ci, à part peut-être le lâcher de taureaux dans les rues de Pampelune. Le métier fout le camp. La vérité a mauvaise presse. Ce ne sont plus les faits qui font vendre, c'est l'opinion, et il se trouve que tout le monde peut en avoir une.

J'anticipe ce moment où il ne restera plus que des chroniqueurs pour donner leur avis au sujet d'une nouvelle qu'aucun journaliste ne se sera donné la peine de vérifier.

Les chroniqueurs politiques, par exemple, une race en expansion si rapide qu'on a l'impression qu'ils se reproduisent entre eux, commentent en boucle une actualité qui n'intéresse plus personne. Le parallèle entre le monde de la politique et celui du sport est confondant : dans les deux cas, on n'en finit plus d'épiloguer sur les performances des uns et des autres sans que la partie soit jouée, et le résultat, entendu.

Mes patrons vont sans doute me proposer un départ volontaire. Je suis entre deux âges. Comprendre : nulle part. Le néant. Ni un jeune étalon, prêt à courir le Derby du Kentucky, ni un vieux sage, donneur de leçons.

Dans cet interminable concert de voix discordantes, cette cacophonie des réseaux sociaux où tout s'annule, je me sens comme un allumeur de réverbères du XXIe siècle. La mort dans l'âme, j'attends l'avènement d'un monde virtuel, comme mes ancêtres celui de l'électricité. Je suis l'observateur de ma propre disparition.

Le jour n'est pas loin où le journal n'aura d'autre utilité que de servir de papier d'allumage.

4.

Il était 11 heures, tout juste. J'avais terriblement envie de boire un verre. Ça donne de la contenance, un verre. De la colonne. Surtout le premier de la journée. Dans mon cas, l'effet est fulgurant : une gorgée, et je ressuscite. N'importe quoi, du vin, de la bière, un shooter, donnez-moi le carburant qui remettra mon cerveau en mode *on*.

Ce n'était pourtant pas le moment de passer pour ce que je suis : un alcoolique générique. Je rencontrais Laurence pour la première fois, en terrain neutre, au bar de l'Hôtel V dans le Vieux-Montréal. Je n'avais d'autre choix que de faire une bonne première impression. Laurence Stewart serait mon pain et mon beurre des prochaines années, tant que les choses se déroulent comme prévu.

J'y allais avec toute la bonne volonté du monde et un veston neuf que j'avais troqué contre mon t-shirt de Nirvana et le jeans fatigué qui me servent d'uniforme officiel de journaliste. J'avais préparé mes effets, raffiné mes répliques, lu suffisamment sur elle pour la mettre en confiance.

Sans le crier sur les toits, cette biographie m'excitait. Je n'avais pas ressenti cet enthousiasme depuis une éternité. Laurence serait le plus beau papillon de ma collection, aucun doute là-dessus. Je voulais être à la hauteur. Frapper un grand coup. C'était ma chance de prouver que j'avais l'envergure, on peut rêver, d'un grand biographe. À mon avis, le sujet m'y autorisait. Vedette d'envergure internationale, jeune, admirée, brillante, militante écologiste, auréolée d'un certain mystère, j'avais entre les mains la reine et tout le miel de la ruche, si je ne merdais pas.

Il y avait l'argent, aussi. La perspective d'une traduction destinée aux marchés américain et international me fouettait le sang. Il fallait que je me refasse : un divorce, de façon générale, laisse financièrement fané, et le mien ne faisait pas exception. Menés par l'agence gérant la carrière de Laurence, les pourparlers avec une importante maison américaine allaient bon train. Si les négociations aboutissaient, l'entente de coédition me garantirait une visibilité et des ventes considérables.

Fallait donc que j'assure. Que le manuscrit passe la rampe. La tâche serait proportionnelle à l'aura du personnage. Une star ne vient jamais seule. Tout le monde aurait son mot à dire, Laurence, son agente, Catherine Steinbeck, mon éditeur, l'éditeur américain, les discussions seraient costaudes, les approbations, interminables. Et puis, cette bio ne serait ni un testament, ni une oraison funèbre. Contrairement à ces personnages dont on chante les louanges au crépuscule d'une carrière ou une fois qu'ils sont passés dans l'autre monde, Laurence avait la vie devant elle, ce qui rendait l'exercice encore plus périlleux. Elle aurait à vivre avec cette histoire. À contempler son reflet dans le miroir. Mais j'étais un peu inconscient du danger, galvanisé par l'envergure du sujet et une pharmacopée redoutable, capable de me redresser en cas de défaillance.

En attendant Laurence, je me suis enfoncé dans les fauteuils moelleux dont les halls d'hôtel ont le secret, cherchant du regard l'arrivée de la star. Et elle est apparue, habillée avec sobriété, jeans ample et chemisier blanc, baskets aux pieds. J'aurais pu la confondre avec une collégienne sortant de son cours de philo.

Je me suis levé, par politesse, pour qu'elle évite de me chercher, elle qui n'éprouvait visiblement aucun problème de notoriété. Tous les clients de l'hôtel, du groom aux touristes chinois, s'étaient retournés sur son passage. Était-ce sa démarche souple et décontractée qui donnait l'impression qu'elle lévitait, ou ses lunettes fumées démesurées qu'elle a soulevées d'un geste vif pour laisser paraître des yeux d'un bleu que le ciel pourrait lui envier ? Qu'importe, elle libérait sur son passage quelque chose d'électrique, un magnétisme qui ne s'explique pas.

Elle a serré fermement la main que je lui ai tendue.

— Bonjour, Philippe.

— Enchanté, Laurence. J'attendais impatiemment ce moment. Vous voulez un café ?

— Non merci, c'est déjà fait.

— Vous préférez qu'on s'assoie ailleurs ?

— Non, c'est très bien ici, c'est anonyme. Ça me repose.

— C'est vous qui décidez.

— On se tutoie, Philippe ? À choisir, je préfère tutoyer mon confesseur.

D'emblée, j'ai trouvé Laurence franche et réservée à la fois, évitant de se dissiper en familiarités. Son assurance naturelle, que l'on pourrait assimiler à de l'arrogance, imposait le respect. J'ai vite compris qu'elle ne parlait jamais pour ne rien dire.

— C'est comme un *blind date*, aujourd'hui, a-t-elle dit en souriant.

— En quelque sorte, oui. Mais j'ai beaucoup plus à perdre que toi si ça ne fonctionne pas. Moi, je suis interchangeable. Tu peux me jeter. Ils vont être des dizaines à faire la file pour avoir ma chance.

— Défaitiste, monsieur Vallières?

— Non, réaliste.

— J'ai fait mes devoirs, moi aussi. J'ai lu sur toi.

— Pas la bio du roi du souvlaki, j'espère?

— Pas vraiment, non. Je suis végane. Ce genre de personnage me dégoûte un peu. Non, des articles, à gauche, à droite. Je voulais juste m'assurer que la réputation qui te précède était bonne.

— *Shit*, je suis foutu.

Elle a ri discrètement. J'en ai profité pour activer l'opération charme. J'ai tout déballé, la procédure, la fréquence de nos rencontres, ma façon de voir cette bio, construite à la façon d'un film, le découpage, les cadrages, les éclairages, tout cela, lui citant en exemples des expériences passées.

Celle du baryton Hector Rondeau, en particulier, mort dramatiquement dans l'écrasement de l'hélicoptère qu'il pilotait. Accident ou suicide? Pareille à un opéra funeste qui a culminé avec le crash fatal, l'histoire avait gagné à être divisée par mes soins en actes, suggérant que son trépas était le point paroxystique d'une tragédie que l'on aurait pu annoncer.

Laurence écoutait avec attention, les jambes croisées, les yeux vissés dans les miens. Si tout ce que l'on dit du langage corporel est vrai, ce dont je doute, je l'ai sentie amusée de me voir m'agiter pour la séduire. Pour une fois, ce n'était pas elle qui était en représentation.

À la fin de ma tirade, elle m'a regardé, avec cet œil narquois que j'apprendrais à reconnaître, et a lancé la question qu'il fallait poser.

— Pourquoi tu t'intéresses à moi? Et ne me réponds pas : parce que tu es célèbre.

— Tu pars de loin. Los Angeles, ce n'est pas la porte à côté, quand on naît à Sainte-Agathe-des-Monts. Ta vie est une aventure qui fait fantasmer les Québécois. Le rêve américain, tu l'incarnes. Et pour arriver là où tu es, ça prend plus que de la chance. Ça prend du talent. De l'intelligence. Et des valeurs. Tu es une actrice engagée qui défend des causes qui lui tiennent à cœur. Tu es un exemple à suivre. Une icône pour des milliers de jeunes femmes qui se cherchent un ancrage, une vérité, une raison d'espérer, un modèle. Tu donnes de l'espoir à une nouvelle génération. Le monde t'appartient.

— Bon, bon, bon, c'est assez. Tu cherches à me canoniser...

— Et toi, pourquoi accepterais-tu qu'un journaliste plus vraiment à la mode et misanthrope à ses heures raconte ta vie? Et ne me réponds pas : parce que je cherche un père de remplacement.

— Si tu imagines remplacer mon père, je ne te le conseille pas. Ça s'est très mal terminé la première fois.

Léger malaise. Je chasse par une pirouette la mouche que l'on pourrait entendre voler.

— Vois-moi plutôt comme ton alter ego. Je ne suis pas là pour te juger. Je ne contrôle que ce que tu veux bien me confier. Partenaires dans le crime, pour reprendre l'expression de nos amis anglophones.

— Non, pour répondre à ta question, si j'accepte de faire cette bio, ce n'est pas par vanité. D'accord, je suis flattée que l'on s'intéresse à moi, mais pas au point d'en perdre la raison. Que peux-tu m'apporter que je n'ai pas déjà ? De la notoriété ? Contrairement à ce que peut penser Catherine, mon agente, qui considère que dans ce métier, on n'en a jamais assez, j'ai tout ce qu'il faut de ce côté-là. De la visibilité ? J'ai quatre millions de *followers* sur mon Instagram. Ma vie s'étale déjà en grande partie sur les réseaux sociaux, et le plus beau, c'est que c'est moi qui contrôle le message, je gère mon *brand*, comme disent les gens de marketing. Et puis, mon public ne lit plus. Au-delà de 280 caractères, il décroche. Non, ce que tu peux me donner, c'est plus de sérieux, d'ampleur et de pérennité aux messages que je veux faire passer : stoppons le massacre des espèces menacées, arrêtons de manger des animaux morts, de saccager la planète. Je ne suis pas une idiote. J'ai quelque chose à dire. J'ai des valeurs à partager.

— Parfait, Laurence. Je comprends très bien. Et j'accepte ce marché. Mais c'est donnant-donnant, une bio. Je veux bien te servir de porte-voix, de tribune, mais tu me donnes quoi en échange ? Ce que le lecteur exige, pour te suivre dans ton engagement, c'est du *human interest*. Il ne veut pas savoir ce que tu espères, mais ce que tu es, ce que tu as vécu. C'est à un pas de deux que je t'invite.

— Je danse assez mal.

— Moi, c'est mon métier. Tu vas devoir me donner l'autorisation de rencontrer tous ceux qui, de près ou de loin, et surtout de très près, ont compté pour toi. Tes profs, tes ex, ton agente de casting, les réalisateurs, les anciens, les nouveaux. Raconter les bons et les moins bons coups. Tout ce qui servira l'histoire.

— Ou presque.

— Oui, presque. C'est toi qui dictes les limites. Mais il faut que tu me fasses confiance. Je sais où je m'en vais.

— Vas-tu rencontrer ma sœur ?

— Si tu penses que ça vaut la peine.

— Elle est importante pour moi.

— Importante à quel point ?

— Je pense qu'elle me connaît mieux que je peux me connaître. Elle sait tout de moi.

— Vous êtes restées très proches, même avec ce continent entre vous ?

— Chloé a toujours été là pour moi. Elle n'a jamais cessé de m'aimer. Malgré tout ce qui nous sépare.

— Bien sûr, je vais la rencontrer. Une famille, c'est la fondation. Une bonne bio commence toujours dans le ventre d'une mère.

5.

Simone Filppula-Charier vit les dernières semaines avant l'accouchement en état de stress permanent. Problème de pression artérielle, diabète lié à la grossesse, dilatation prématurée du col, ce ne sont pas les épreuves qui manquent. Sans le savoir, ni le vouloir, Laurence Stewart commence à faire vivre au public, sa maman la première, un feu roulant d'émotions.

Laurence Charier voit le jour le 28 décembre 1989, à l'hôpital de Saint-Jérôme, dans les Laurentides. Née prématurément, presque cinq semaines avant la date prévue, elle pèse à peine trois livres à la naissance. « Un petit miracle ! » s'exclamera son père.

Elle passe les premiers mois de sa vie dans un incubateur, nourrie par un tube de gavage et entourée de toutes les bienveillances médicales. Elle est déjà le centre de l'attention.

Simone, sa maman, est inquiète. Infections, détresse respiratoire, jaunisse, anémie, tout peut arriver chez un prématuré. Elle craint sans cesse l'annonce d'une mauvaise nouvelle. Elle rend visite à Laurence le plus souvent possible et la couve du regard. Même si elle ne mesure pas l'ampleur du danger, Chloé, sa sœur aînée, du haut de ses trois ans, comprend que quelque chose ne tourne pas rond. Que cette petite sœur est plus fragile que sa poupée préférée. Suffit qu'elle lise l'angoisse sur le visage de sa maman pour deviner la gravité de la situation.

« C'est mon chaton », ne cesse de répéter Simone à qui veut l'entendre. Chaque fois que les infirmières l'autorisent à la prendre dans ses bras, elle lui chante une berceuse finlandaise que son père lui a apprise. Tout doucement, dans le creux de l'oreille. « *Pium, paum, Kehto heilahtaa, Ja lapsi viatonna uinahtaa.* »

On pourrait croire que le caractère de la petite s'est forgé à cet instant précis. Bébé Laurence tient férocement à la vie. Elle ne laissera pas la fatalité l'emporter.

Contre toute attente, Laurence prend rapidement du poids. « Une force de la nature », dira son obstétricienne. La petite peut désormais s'alimenter par elle-même. Les risques semblent écartés. On la débranche, la retire de l'incubateur. La voilà prête à affronter le monde... et son destin.

Un matin ensoleillé de la fin janvier, Laurence quitte l'hôpital et rentre à la maison. Les tantes, les oncles, les grands-parents sont rassemblés pour accueillir la belle enfant, la rescapée, et célébrer dignement l'événement. La petite est tellement adorable avec son teint diaphane et ses yeux de biche d'un bleu céleste ! Tout le monde tombe sous le charme.

La vraie vie peut commencer.

La famille Charier habite un chalet sur le chemin du Lac-Manitou, à une dizaine de kilomètres de Sainte-Agathe-des-Monts. La maison en rondins, d'inspiration suisse, comme il s'en trouve des milliers dans les Laurentides, est de taille moyenne. L'intérieur, s'il n'a rien de cossu, offre cependant tout l'espace et le confort nécessaires au bien-être d'une petite famille : un salon où trône une grande télévision, une vaste cuisine lumineuse ouverte sur la forêt, une terrasse dominant le lac. Laurence et sa sœur Chloé dorment dans la même chambre à l'étage.

« Ce n'était pas le grand luxe, mais on était bien, se souvient Laurence. C'était chaleureux. Ça me faisait penser à un nid dans les arbres. Et puis, il suffisait de sortir de la maison pour trouver la pièce la plus extraordinaire, la plus lumineuse, la plus incroyable de notre demeure : la nature. »

Les Charier ne sont pas riches, mais ne manquent de rien. Barmaid dans les bars de la région, Simone n'a ni sécurité d'emploi, ni avantages sociaux, mais ramène des sous à la maison.

Bernard Charier, le papa, n'est pas souvent là. Quelques mois avant la naissance de la cadette, il a ouvert une crêperie à Sainte-Adèle, La Clairière, et son travail l'occupe du matin au soir. D'origine française, débarqué seul au pays, l'homme de forte stature, au visage de boxeur, en mène large. Il semble toujours accaparé par mille autres choses que ses obligations familiales. « Il prenait un verre solide, faisait la fête, rentrait tard », me confiera Laurence.

Cette dernière est un bébé docile, un vrai bouddha qu'on pourrait oublier dans un coin tellement elle respire et inspire le calme. Mais Simone en a plein les bras. Déjà mère de Chloé, une fillette de trois ans qui ne voit pas l'arrivée d'une petite sœur d'un si bon œil, elle semble dépassée par ses nouvelles responsabilités.

Heureusement, ses parents lui donnent un coup de main. Ils font tout pour lui faciliter la tâche. Ils cuisinent, gardent les enfants, et surtout, multiplient les activités extérieures. Lasse et Nicol sont des sportifs qui se font un devoir et un plaisir d'amener leurs petites-filles sur les sentiers de randonnée et les pistes de ski et de ski de fond.

Lasse Filppula est né en Finlande, à Kittilä, en Laponie, une municipalité très prisée des amateurs de glisse. Il a rencontré Nicol lors d'une compétition de ski de fond à laquelle il participait dans la région de mont Tremblant. Un an plus tard, il venait rejoindre sa nouvelle flamme, dont il aura quatre enfants. La belle Simone est l'aînée de la famille. Viendront ensuite Julia, Alison et Christian, le petit dernier, qui mourra à huit ans des suites d'une leucémie fulgurante.

Propriétaire d'un vaste domaine skiable, Lasse a fait de la neige et du ski un mode de vie. Laurence apprend très jeune à se mouvoir sur deux planches étroites grâce aux conseils de son grand-père. Elle adore son papy. Elle aime se retrouver dans les bras de ce bel homme aux yeux bleus et aux pommettes saillantes. Elle s'y sent bien, en sécurité. Elle le voit plus souvent que son propre père, trop occupé par son restaurant.

À quatre ans, elle dévale les pistes à vive allure. Sa sœur Chloé, douée, fait déjà de la compétition : dès l'âge de six ans, tous les week-ends, elle participe à des courses. Laurence n'est pas en reste. Elle veut suivre les traces de sa grande sœur. Même si elle semble douce et fragile en apparence, elle est dotée d'une incroyable force de caractère. Aucune piste, aussi abrupte soit-elle, ne semble l'intimider.

Bon, je suis lancé.

À l'heure de l'apéro, je suis généralement assez productif. Par la suite, je décline, sans me l'avouer. Avant le téléjournal de 22 heures, j'ai l'impression d'être Hemingway.

Le lendemain, je réécris tout.

Rien n'est coulé dans le ciment. Je rapatrie les matériaux de l'édifice, les poutres pour le soutenir, la charpente, les escaliers, les fenêtres de façon à mieux voir ce qui mérite d'être vu. La terre tremble encore autour de moi. Il y a les faits, indéniables, vérifiables, que je collige, et la manière de les interpréter, de les mettre en lumière, de les ordonner les uns par rapport aux autres, afin de faire jaillir le sens que l'on désire. Je pourrais aussi décider de les taire. *Deus ex machina*, je m'accorde le privilège de trancher.

J'ai sans doute assombri prématurément le portrait de Bernard Charier. Il faut que je dose. Comment savoir s'il buvait autant que Laurence le prétend ? À contrevérifier. Je sens qu'entre les deux, ce n'est pas l'amour fou.

6.

Si j'avais à rédiger ma bio, ce qui est aussi improbable que la mise en orbite d'une station spatiale par ma voisine retraitée, elle commencerait de cette façon :

Je m'appelle Philippe Vallières. J'ai la chance d'être né blanc et le luxe d'être revenu de tout. J'ai grandi à Montréal, dans un milieu aisé et conformiste, je n'y peux rien, ce n'est pas moi qui ai choisi. J'aurais préféré sourdre à Mumbai si ce sursaut du sort avait permis que la suite des choses soit différente.

Je suis le cadet d'une famille de quatre enfants. Il y a Antoine, l'aîné, Jeanne et Marie, qui ont suivi, puis moi, l'accident. Nous n'avons jamais formé une famille au vrai sens du terme. Il n'y a d'enfants plus dissemblables que les Vallières, et nos parents n'ont manifesté ni la patience, ni le talent, et encore moins la générosité nécessaires pour combler le fossé de nos différences. Chaque fête était un supplice, une figure imposée d'un ennui sans nom. Noël évoquait pour moi la crucifixion du Christ plutôt que sa naissance.

La seule chose qui, finalement, aura uni notre famille, c'est la volonté de s'en affranchir. Par la pensée, d'abord, en se singularisant les uns des autres, puis par la distance géographique que nous aurons mise entre nous. Éternelle hippie, Marie habite quelque part dans sa tête en Oregon ; Jeanne est infirmière dans une clinique de grabataires obscènement fortunés en Suisse. À l'exception d'Antoine, réplique fidèle de mon père, qui s'acharne à croire aux liens du sang, la famille Vallières est une construction de l'esprit, dont la structure s'est écroulée avant même d'accueillir ses premiers résidents.

En écho à ce fiasco, j'ai moi-même raté ma famille. J'ai une fille adorable, Émilie, que je vois le dimanche si le cœur lui en dit, une ex-femme que j'aime encore quand j'y pense et des parents morts. J'ai eu beaucoup d'amis. J'en ai moins. Je peux les compter sur les doigts d'une seule main.

J'ai fait le vide autour de moi.

Je m'intéresse à la vie des autres parce que la mienne m'inspire peu d'enthousiasme. Les quarante dernières années ne m'auront appris qu'à répéter les mêmes erreurs : fuites en avant, infidélités, divorce, alcool, petites lâchetés, irresponsabilité chronique. Mon existence est comparable en médiocrité à celle de milliers de mes semblables.

Je ne me plains pas. Non, je suis résigné à ne pas m'en sortir, c'est différent.

Si j'écris au sujet de gens connus, si je fouille, si je pose des questions, si je cherche à savoir ce qui se cache dans leurs têtes, jusqu'à les connaître mieux qu'eux-mêmes, si je gratte leurs fonds de culotte et sniffe ce qu'ils contiennent, c'est pour essayer de donner du sens à ce que je fais le reste du temps : respirer, manger, penser, dormir, me lever, me laver, me raser, me caresser, faire le marché, acheter, répondre au téléphone, obéir.

Pourtant, en m'y mettant, je pourrais me fendre d'une autofiction pas mal du tout. Il suffit de savoir écrire pour rendre intéressantes de monumentales insignifiances. Les mots ont ce pouvoir disproportionné de donner aux événements et à ceux qui les vivent une envergure qu'ils n'ont pas réellement. Une fois sur papier, la vie la plus monotone gagne en importance, gonflée par les mots qui, maintenant qu'ils existent dans le regard de l'autre, donnent au sujet qui les a écrits une réelle consistance. Le sort d'une punaise de lit peut prendre des dimensions homériques s'il est bien raconté.

La réalité a détrôné la fiction. L'histoire ne mérite plus d'être racontée que si elle a été vécue. La capacité que tu as d'être authentique donne la juste mesure de ton talent. On n'en a que pour l'émotion puisée à même le réel. Qu'as-tu mis de toi dans ce récit? L'impudeur n'est plus douteuse, elle est nécessaire...

La vérité, rien que la vérité, toute la vérité, dites: je le jure.

Mais moi, je n'ai rien d'émouvant à raconter. Je ne me suis pas extrait de la misère à la force de mes poings comme Steve Baron. Je n'ai pas enflammé les grandes scènes du monde comme Hector Rondeau. Je n'ai pas de compte en banque à faire baver tous les gagne-petit de la terre comme Mitch Kostas. À part cette dépression banale que je traîne depuis quelques années comme un animal de compagnie dont on ne remarque la présence qu'au moment des repas, seul face à elle, je suis dramatiquement ordinaire. Dénué de tout exotisme. Je suis un homme sans histoire, habitant un pays libre et pacifique d'un océan à l'autre, à qui le destin n'a rien donné de notable dont je puisse m'inspirer. D'une désespérante normalité, je ne suis pas matière à roman.

J'ai 44 ans, et la chose que je crains le plus au monde, c'est d'en avoir un de plus. Je revois mon père au même âge, et j'ai envie de sauter du pont Jacques-Cartier. Mais je suis lâche et dans une forme approximative m'empêchant d'enjamber les clôtures antisuicidaires.

Je bois du vin. Beaucoup de vin. Je bois du vin comme de l'eau qu'on aurait transformée en vin. Le vin est le fil conducteur de mes jours, de mes semaines, de mes mois. Le vin lie mes inspirations les unes aux autres. Mon dénominateur commun, mon petit train à moi, c'est l'alcool.

Quand j'en abuse, je dis des choses qui peuvent blesser et, corollairement, me faire mal. Je n'ai pas à faire subir mes dérapages à qui que ce soit. C'est pour cette raison que je me restreins, dans la mesure du possible, à ma seule présence. Avant, je buvais socialement. Maintenant, je bois en ma compagnie. Si c'est sûrement mieux pour les autres, c'est plus monotone pour moi.

Je brûle la chandelle par les deux bouts. Je bois, je fume, je me drogue. Et pour oublier, je bois, fume et me drogue. Ce ne sont pas les cures psychologiques ou chimiques que j'ai suivies ces dix dernières années qui ont permis de redresser la situation.

Quand je me regarde dans le miroir pour satisfaire à des règles élémentaires d'hygiène, je vois un homme aux yeux de chien battu, aux cheveux poivre et surtout sel, aux traits affirmés, mais fatigués, à la barbe rugueuse, et dont le corps s'encroûte un peu plus chaque jour.

Je vois quelqu'un dont je doute.

J'ai oublié la dernière fois où je n'ai pas été triste.
Je suis malade.
Je ne vais pas m'en excuser.
C'est comme ça.

7.

Je retranscris l'entrevue de Chloé, la sœur de Laurence. Réécouter une interview en différé m'étonne chaque fois. Je ne l'interprète plus de la même façon. Il y a l'interview elle-même, le souvenir que j'en ai, les pensées qu'elle m'inspire, et tout cela se superpose à l'interprétation que je veux proposer, donnant à la rencontre un éclairage absolument inédit.

Je ne sais pas encore ce que je vais faire de cette entrevue.

Comme sa sœur, Chloé est une interlocutrice vive et éloquente. Une fille racée aussi, d'une élégance sans fausse note, plantée sur des jambes interminables. Si je savais valser, c'est sûr que c'est elle que j'inviterais en premier.

Son visage rappelle celui de sa sœur, les mêmes yeux bleus, le châtain et l'ondulé des cheveux, le teint de pêche. Par contre, tout est plus carré chez elle, le visage, les épaules, le ton. Si je voulais schématiser, je dirais que c'est Laurence en décathlonienne.

À mon grand étonnement, elle m'avait donné rendez-vous dans une maison qui n'était pas la sienne, un manoir monstrueux de Senneville, dans l'ouest de Montréal, qu'elle essayait de vendre et dont les propriétaires étaient partis sous d'autres cieux.

Nous nous sommes assis dans un salon plus grand que tout mon appartement. Il n'a fallu que quelques questions pour qu'elle me parle en abondance de la relation fusionnelle qu'elle entretenait avec sa sœur. À entendre le flot de paroles se déverser, on aurait pu penser que quelqu'un ou quelque chose l'avait empêchée de parler depuis des années.

— Bonjour, Chloé Charier. On se sent comment quand on est la sœur de Laurence Stewart?

— On se sent comme la sœur de Laurence Charier. C'est tout. Pas plus, pas moins. Ça reste la petite Laurence que j'adore et que j'admire. Rien, aucun trophée, aucun succès au box-office ne pourra changer cet état de fait.

— Vous avez gardé votre nom de jeune fille?

— Oui, j'y suis attachée. Mon père ne l'a pas eue facile. Je lui dois bien ça.

— Vous faites quoi dans la vie, Chloé?

— Je suis courtière immobilière.

— Laurence m'a dit que vous aviez aussi étudié en cinéma…

— Oui, à l'université. Le cinéma me passionnait. Encore aujourd'hui, j'essaie de voir tout ce qui sort d'intéressant. J'ai un bon professeur: mon mari.

— Il travaille en cinéma?

— Il l'enseigne. C'est vraiment une sommité. Il connaît bien Laurence aussi. Vous devriez le rencontrer.

— Je n'y manquerai pas. Mais justement, revenons à votre sœur. Pensez-vous l'avoir influencée dans son choix de carrière?

— On tripait toutes les deux sur le cinéma. J'ai toujours pensé qu'elle était promise à un bel avenir. Je l'ai encouragée dès ses débuts. On s'adore, même si on est très différentes l'une de l'autre.

— Qu'est-ce que vous voulez dire ?

— Je n'ai pas une vie aussi palpitante que celle de ma sœur. La mienne me suffit. Tranquille, équilibrée, les enfants, mon amoureux.

— Vous avez combien d'enfants ?

— Deux filles. De cinq et trois ans. Elna et Katri. Elles sont comme les deux doigts de la main. Elles me font penser à Laurence et moi quand nous étions petites. Elna, l'aînée, me ressemble beaucoup. Regardez. Elles sont belles, hein ?

Chloé tire de son sac à main deux photos qu'elle me tend d'un geste vif. Elle me regarde fièrement les admirer. C'est vrai que les petites sont adorables.

— Elle, c'est Elna.

— En effet, c'est votre copie conforme. Et elle, c'est Katri, j'imagine ?

— Oui, elle a quelque chose de Laurence, non ?

— Les yeux, sûrement. Le nez aussi…

— Le matriarcat Filppula-Charier… On ne réussit qu'à faire des filles dans cette famille, c'est comme ça.

— Quelle relation entretenez-vous avec Laurence ?

— Très étroite, je dirais, même si on ne se voit pas aussi souvent qu'on le voudrait. Elle vous le confirmera : je suis la personne dont elle est la plus proche. On se dit tout. Le meilleur et le pire. Je suis protectrice aussi.

— Protectrice, qu'est-ce que vous entendez par là ?

— Hollywood est un monde cruel. J'essaie de la mettre en garde, de la conseiller, de lui éviter certains pièges. C'est ma princesse. J'ai toujours été là pour elle. Plus qu'elle pour moi, assurément. Je ne peux pas lui reprocher d'avoir une carrière.

— Comme une deuxième mère?

— Disons que j'assume mon rôle d'aînée. C'est moi qui l'ai élevée. En partie. Qui lui ai servi de modèle. Ma mère n'a jamais été une mère. Une vraie mère, j'entends. Comme le veut la tradition. Elle en avait le titre, mais c'est tout. Présente? Pas beaucoup. Aimante? Légèrement. Calculatrice? Sûrement. Elle avait un plan pour ses filles, surtout pour Laurence. Elle ne voulait pas que nous nous retrouvions devant rien. À la merci d'un homme qui pourrait nous planter là, comme mon père l'a fait avec elle.

— Elle s'est projetée dans ses filles…

— Ma mère a toujours voulu être actrice, mais la vie en a décidé autrement. C'est sûr qu'elle s'est réalisée à travers Laurence. Un cas de transfert classique.

— Et vous, le métier de comédienne?

— J'ai fait du théâtre. On disait que j'avais du talent. J'ai joué dans des pièces à l'école. J'ai fait de l'impro. Mais je ne sais pas si j'étais faite pour ce métier-là. Faire la belle, jouer le jeu, se plier aux demandes des uns et des autres, je ne sais pas…

— Vous avez des regrets?

— Des fois, oui. En même temps, je me suis réalisée autrement. En prenant soin des autres. De mes filles. De ma mère, qui avait des problèmes de santé. J'en tire une grande satisfaction.

— Vos différences vous soudent l'une à l'autre en quelque sorte?

— Je l'aime, c'est tout. Je pense que j'aurais pu écrire la vie de Laurence. Je sais tellement de choses sur elle. Je sais tout, en fait. À croire que je l'ai tricotée.

À la fin de notre entretien, Chloé m'a proposé de passer chez elle la semaine suivante pour me montrer des photos d'enfance qui pourraient sans doute servir à illustrer le livre.

J'ai accepté.

En la quittant, j'ai éprouvé un agréable sentiment. Celui d'avoir trouvé en Chloé une alliée. Celle qui pourrait m'ouvrir des portes qui, autrement, resteraient fermées. Les sœurs Charier étaient comme les deux fleurs d'une même tige.

« Personne ne comprend mieux ma sœur que moi. Quand elle a mal, je le ressens dans mon corps. Et je suis sûre que c'est réciproque… C'est fou. »

8.

— Allô, papa, ça va bien ?

J'éprouve toujours l'impression que ma fille Émilie m'appelle par pitié. Son empressement maladroit à s'enquérir de ma condition m'agace. Son « ça va bien ? » est lourd de sous-entendus. Elle me renvoie l'image d'un père à risque. Elle n'appelle pas son « papa Philippe », mais son « papa citalopram-quinze-milligrammes », la dose d'antidépresseur que j'avale chaque jour avec le café du matin.

Je le sens dans sa voix. Elle s'attend à ce que je m'effondre à tout moment, que je lui annonce que non, ça ne va pas du tout, que ma vie est un gâchis, que je suis une grosse merde. Que je lui dise la vérité, finalement.

— Oui, ça va bien, ma beauté. Je suis content que tu m'appelles. Et toi, comment tu vas ?

— Super.

Elle, elle va toujours bien. Rien qui retrousse. Là encore, je la soupçonne de vouloir m'épargner. Elle ne me dit que ce que je veux entendre, afin d'éviter que ses tourments ne viennent alourdir les miens. Et elle pense que je ne lis pas dans son jeu. On joue tous les deux à celui ou à celle qui ferait le mieux semblant de bien aller.

— Tu travailles sur quoi ?

— La bio de Laurence Stewart.

— Quoi! T'es sérieux? Je l'ai tellement aimée dans *Oseras-tu?* Tu l'as rencontrée en vrai?

— Bien sûr.

— Elle est comment?

— Très bien. Simple, intelligente, spontanée. Elle ne se prend pas pour une autre. Juste pour ce qu'elle est.

— En plus, c'est une fille de convictions. Son engagement pour les animaux, c'est super. J'aimerais tellement la rencontrer un jour.

— Si ça se présente, j'organiserai ça avec plaisir. Et toi, comment ça se passe à la maison?

Je continue d'appeler la maison, «la maison». Il n'y aura jamais d'autre maison que «la maison». Avec un papa, une maman, un enfant, des repas, des amis, le lavage, une routine, le calme.

Oui, c'est bien, le calme.

Je m'ennuie du calme.

On assimile trop souvent le calme à l'ennui. Le calme est une petite musique que l'on entend au loin, le versant mélodieux de l'ennui, celui qui repose, pas celui qui chloroforme. Le calme donne de l'énergie, l'ennui la siphonne.

J'en profite pour demander des nouvelles de sa mère.

— Elle travaille tout le temps. Je ne la vois pas beaucoup.

— Elle a toujours trop travaillé.

C'était logique qu'Émilie habite chez sa mère. Sa vie se trouve entre les quatre murs de cette maison. Sa chambre. Ses choses. Sa stabilité. Reste que sa présence me manque terriblement.

Je n'ai que moi à blâmer pour ce gâchis. Je n'ai pas été un père présent, contrairement à ce qu'Émilie, toujours aussi indulgente, prétend. Fuyant, impulsif, égoïste, m'étourdissant et me valorisant dans le travail, cherchant ailleurs, dans d'autres vies, d'autres lits, des raisons et des excuses pour me dérober. Je ne l'ai jamais nié. Pire encore, je n'ai pas levé le petit doigt pour remédier à la situation.

Évidemment, nous aurions pu nous la disputer. Mais à 15 ans, ce n'était plus une enfant que l'on peut manipuler, trimballer à gauche et à droite. Je l'ai abandonnée à sa mère.

Aujourd'hui, elle en a 18. Elle entre à l'université en travail social. Elle veut sauver le monde. La veuve, l'orphelin et, si possible, la veuve de l'orphelin. Droite, sérieuse, consciencieuse, empathique, elle possède des qualités qui me sont étrangères.

Je l'aime. Elle représente ce que j'aurais voulu être : une bonne personne.

9.

Laurence est une enfant rêveuse. Chaque jour, elle se marie à ce que la nature a de plus envoûtant. Aux vents et aux étoiles, aux orages et aux blizzards, aux grands sapins et aux lumineuses clairières. Sa maison est un refuge, et la forêt, son terrain de jeu. Le soir, elle se raconte des histoires dans son lit ; des loups affamés y affrontent les elfes des bois, et des Innus couverts de fourrures se lancent à la conquête de déserts glacés.

Laurence vit au rythme des saisons. Des chevreuils, elle se fait des amis. Les geais bleus deviennent ses confidents. Elle garde de cette époque un souvenir attendri et une fraîcheur que les hauts plateaux de Los Angeles n'ont pas ternie. Au contraire, c'est ce qui lui permet de ne pas succomber au faste ostentatoire des stars de ce monde. Elle reste les deux pieds plantés dans le lichen des Laurentides.

Bien sûr, la petite Laurence partage les dadas des fillettes des années 1990, aime le sourire contagieux de Cameron Diaz et les chansons des Spice Girls, mais le monde du spectacle, à part les clips à la télé et les cassettes VHS que sa mère loue au village, se résume pour elle aux couchers de soleil sur le lac Manitou.

Elle n'a aucune idée de ce qu'elle fera dans la vie. « Je pense que je voulais être vétérinaire, je n'étais pas différente des autres enfants du monde entier. » L'univers du cinéma lui paraît aussi lointain que ce Los Angeles dont sa sœur lui a déjà parlé en pointant une photo du beau Leonardo DiCaprio dans *Titanic*.

Mais à défaut d'avoir de l'ambition, Laurence peut compter sur sa mère, qui en a pour trois. Dès le plus jeune âge de ses deux filles, Simone Filppula-Charier court les castings avec elles, les exhibe comme une commerçante au marché du village. « Regardez mes filles, elles sont belles, elles sont fraîches, vous ne trouverez pas mieux à des milles à la ronde. »

Laurence tourne sa première pub à l'âge de huit ans, une annonce de Yoplait qui ne passera pas à l'histoire, imitant en cela la majorité des pubs de yogourt. Elle a un petit rôle, une seule phrase à dire, mais déjà, sa présence assurée et son visage irrésistible font craquer l'équipe de production.

Ingrid Sauriol, la directrice de casting, a frais en mémoire ses premiers moments. « Normalement, les jeunes enfants sont inhibés. Mal dans leur peau. Laurence aussi était timide, mais dès que la caméra a commencé à tourner, elle s'est allumée sous nos yeux. J'ai l'impression qu'elle en a été elle-même surprise. »

Laurence est appliquée. Elle écoute les directives du réalisateur, trouve rapidement ses repères, se plaît à jouer ce rôle à des années-lumière de ce qu'elle vit, cette petite fille habitant en ville, légèrement capricieuse, portant robes et ballerines.

« Je m'en souviens comme si c'était hier, raconte Laurence, le sourire aux lèvres, un brin de nostalgie au fond des yeux. Je n'avais pas dormi de la nuit. Je voulais tellement le rôle. Dans mon esprit, il avait été écrit pour moi. Je n'avais qu'une seule réplique à dire : "Maman, j'peux en avoir un autre ?" J'ai dû la répéter 1000 fois, 2000 fois. J'en faisais une obsession. Je demandais à ma sœur de jouer la maman. Jusqu'à l'écœurement. Elle n'en pouvait plus. »

Sur le plateau, elle vit une véritable épiphanie. Elle découvre l'envers du décor, les caméras, l'éclairage, les décors, les costumes, tout ce qui fait la magie de la représentation. Maintenant, il ne lui reste qu'à jouer. Qu'à être celle qu'on lui demande d'incarner. À l'image de ces élèves doués qui récitent leurs tables de multiplication avec une facilité déconcertante.

Sa mère est tellement fière du résultat qu'elle montre la publicité à toutes ses amies. Quand quelqu'un vient à la maison, elle sort la cassette et l'insère dans le magnétoscope. La banalité de l'annonce n'entame en rien son enthousiasme. Sa fille est une vedette.

Cette première expérience publicitaire sera suivie de plusieurs autres. Chaque fois, non seulement Laurence fait opérer ses charmes, mais elle se comporte en vraie professionnelle. Difficile de ne pas craquer pour cette comédienne miniature, ce concentré de fraîcheur qui répond au doigt et à l'œil à chacune des indications. Qui traverse les longues heures que les tournages exigent sans rechigner.

Même si elles ont trois ans de différence, les sœurs Charier sont souvent en compétition pour les mêmes rôles. Laurence en sort souvent gagnante, jusqu'au jour où Chloé refuse de se présenter aux auditions. Elle en a assez d'être toujours devancée par sa sœur.

« Bien entendu, j'étais jalouse, avoue candidement Chloé, vingt ans plus tard. Comme toutes les petites filles qui envient la réussite d'une amie. Mais c'était ma sœur, je l'aimais. Je ne pouvais pas lui en vouloir de réussir. J'étais contente pour elle.

J'ai compris assez vite, poursuit-elle, que Laurence avait un je-ne-sais-quoi que je n'avais pas. Je ne suis pas idiote. Ces choses-là se sentent, même si on est un enfant. Mais si on les comprend, ça ne veut pas dire qu'on les accepte. Les accepter, ça prend plus de temps. Une vie, des fois. »

J'aime assez ce chapitre. Je me verse un verre de porto.

Je ne veux pas m'appesantir sur la rivalité entre les deux sœurs, mais cette compétition a forgé le caractère de Laurence, c'est l'évidence. Et inversement. La passer sous silence, ce serait me priver d'une matière bien juteuse.

Je n'ai pas de temps à perdre. Les Américains me réclament les premiers chapitres à grands cris. Un test, qu'ils disent. Comme un échantillon d'urine. Pour voir si je suis de taille.

Je commence à sentir leur souffle chaud dans mon cou.

J'entrouvre la fenêtre. Le vent frais de l'automne me rassure un instant.

Je m'applique.

Ai-je vraiment le choix ?

10.

Mon frère Antoine est venu me saluer à l'improviste. Il sait que je travaille à la maison. Sans s'annoncer, sans même sonner, il est entré dans l'appartement. À croire que c'est le sien. Quand on est l'aîné d'une famille, on se pense tout permis, réussissant même à se représenter une invasion de domicile comme une belle surprise.

— Est-ce que le grand con est là ? qu'il a crié.

— Oui, il vient d'arriver.

— Je te dérange pas, j'espère ?

— Tu vois bien, je t'attendais. Tu rentres toujours chez les gens sans cogner…

— Mais pourquoi ta porte est déverrouillée ? Morale : boucle-la.

Mon frère ne s'en cache pas : il est un donneur de leçons. Il pourrait enseigner cette matière si le cours était offert. Il se double d'un emmerdeur de première classe. Habituellement, ça va de pair. Et comme si le portrait n'était pas suffisant, c'est aussi un moraliste pur jus. Je suis bien placé pour le savoir, je le subis depuis qu'il est entré dans ma vie.

Sa spécialité, c'est de s'imposer. Dans la conversation, dans les dîners, dans la circulation, partout où sa suffisance dispose du moindre espace pour s'exprimer. Donnez-lui un centimètre, il prend un mètre et ne s'en excuse pas. Il n'a d'autres priorités que lui.

Mon père en avait fait très jeune son successeur, le dépositaire de valeurs rasantes qu'il avait docilement fait siennes. Ils s'entendaient à merveille. Deux négatifs ne font pas toujours un positif. À la mort du bonhomme, Antoine a hérité de son statut. En fait, il lui revenait de droit, pensait-il. C'était maintenant lui le boss de la famille ; mes deux sœurs et moi étions sommés de marcher dans le rang. Ma mère n'avait pas un mot à dire. Elle était morte.

Bien sûr que je l'ai envoyé chier. Bien sûr que je l'ai remis à sa place. Mais Antoine a la mémoire d'une passoire. Il ne retient que ce qu'il veut bien retenir. On le croit sonné qu'il se relève sans cesse. C'est lui, Terminator : on le laisse pour mort dans un ravin, pulvérisé, anéanti, criblé de balles, et soudain, il ouvre un œil, se secoue et revient à la charge.

Mon grand frère représente tout ce que je ne veux pas être : lourd, bien-pensant, réactionnaire et tellement prévisible. Il se classe bon premier dans mon échelle du mépris. Normal, c'est mon frère. On ne peut détester profondément que les gens que l'on connaît.

Antoine Vallières est une figure connue. Un politicien professionnel, élevé dans le sérail conservateur dont il est devenu membre en culottes courtes, suivant encore une fois les traces du paternel, ce fidèle et insubmersible argentier du parti. Il fait de la politique comme d'autres pratiquent la cuisine : tous les jours et en suivant la recette. Il a gravi les échelons jusqu'à devenir un obscur ministre de la Famille sous le gouvernement conservateur, avant qu'un remaniement ministériel ne le renvoie vite fait bien fait à l'arrière-ban de la Chambre des communes, ce confortable dortoir qu'il n'aurait jamais dû quitter.

Mais il a été ministre, et quand on a été ministre, on continue de l'être dans sa tête. Et avec les autres.

Aujourd'hui, il clapote dans l'opposition, s'acquittant de ses fonctions de député d'un comté rural qu'il n'habite pas. Il serre des mains et embrasse des bébés, à moins que ce ne soit l'inverse, organise des soirées de financement où le spaghetti trop cuit coule à flots, règle deux ou trois dossiers par année de citoyens prétendument lésés, et son image est sauve. Autrement il suit la ligne de parti, encaisse son chèque de député et se laisse graisser la patte par les entrepreneurs de la région.

Il se dit populiste « dans le bon sens du terme », s'empresse-t-il de préciser. Quand il te parle, ce qu'il fait sans se faire prier, il donne toujours l'impression de s'adresser à une foule. En représentation perpétuelle, Antoine Vallières est un être fat. Il incarne toutes les raisons pour lesquelles les citoyens se désintéressent de la politique.

Mon ex le détestait à s'en confesser. Au moment du divorce, quand elle a disparu du portrait, il a essayé de reprendre la place qu'il avait depuis longtemps perdue à mes yeux, celui du sage, du conseiller, du patriarche de la famille. Il a choisi ce moment où je baissais la garde pour rétablir son autorité. Il se voulait rassurant, avenant jusqu'à l'excès. C'est ça, une caricature d'aîné. Celui qui se croit investi d'une mission : celle de remplacer le père.

Il a une façon bien à lui de s'immiscer dans ma vie, minaudant par moments, élevant le ton à d'autres ; il est passé maître dans l'art de me déstabiliser, parfois dans la même phrase.

— En forme, mon vieux?

— Pas mal, pas mal.

Il a tout faux, Antoine. Si nous n'étions pas nés du même père et de la même mère, je ne lui aurais jamais adressé la parole. Un chien et un chat. Une limace et un oiseau. Un poêle et un frigo. Nos différences sont criantes et nos valeurs, irréconciliables. À la base, il se perçoit comme un gagnant. Moi, un perdant.

Comment peut-on naître du même utérus et être si incompatibles?

Mon frère a déjà été mon héros. Six ans nous séparent. C'est beaucoup quand tu es enfant. J'applaudissais à tout ce qu'il faisait, acquiesçais à tout ce qu'il me demandait. Il aurait exigé que je me jette du deuxième étage de la maison que je l'aurais fait. Il en profitait pour me manipuler, m'obligeant à commettre des mauvais coups et à écoper à sa place. J'étais sa marionnette.

Si je ne coopérais pas, je subissais ses foudres. Colères effrayantes, coups répétés, tentatives d'asphyxie, il n'y a rien que je n'ai pas subi. La nuit, il se glissait dans ma chambre pour me terroriser. Il me surprenait dans mon sommeil et me racontait les pires atrocités. Mais je l'aimais. Je le trouvais extraordinaire. C'était mon grand frère.

Les années ont passé, mon admiration s'est peu à peu transformée en doute, puis en opposition, pour finalement se muer en aversion. À l'adolescence, j'ai non seulement tué mon père, mais j'ai tenté l'impossible pour en finir avec mon frère. Pour le repousser le plus loin possible. Hors de ma vue. Hors de ma vie.

Ces derniers mois, Antoine tente de ressusciter quelque chose de mort et d'enterré depuis une éternité: notre complicité. Je sens bien qu'il voudrait se rapprocher de son « petit frère ». Il y a quelque chose qu'il aime en moi, je ne sais pas quoi, peut-être ma lucidité, mon indépendance d'esprit, ma « sensibilité artistique », comme il dit, l'amitié que je lui refuse. Je lui rappelle sa jeunesse, sans doute, son ascendant sur moi. Il apprécie probablement aussi cette franchise que deux frères ne peuvent se refuser.

— Qu'est-ce que tu fais de bon, Philou ?

— Comme d'habitude, j'écris.

— Tu n'as rien de plus intéressant à faire ?

— Toi, tu n'as rien de plus intéressant à dire ?

11.

C'est Chloé qui finira par choisir le nom. Il s'appellera Kiki. C'est con comme nom, mais les enfants en choisissent rarement des transcendants pour leurs animaux domestiques.

Je me mets à écrire en superposant les entrevues de Laurence et de Chloé. Elles m'ont raconté le même épisode, chacune à sa façon. Je joue les juges et m'accorde le privilège de trancher.

Kiki est un husky, un chien bicolore magnifique. Une petite boule de poils irrésistible, dont le masque du visage est si parfaitement dessiné qu'on le croirait tracé au fusain. Il ressemble à un petit diable, mais à « un diable gentil », se rappelle Laurence.

Kiki, c'est l'idée de leur grand-père Lasse. Depuis la séparation de leurs parents, il y a quelques mois, les petites ne semblent plus avoir le même entrain. Ce chien fera un nouveau compagnon et un bon gardien pour la maison, et si ça se trouve, il leur rendra une parcelle de leur joie de vivre.

Le lendemain de l'arrivée de Kiki, autour du feu de camp, Lasse, le grand-père, évoque la légende selon laquelle le husky serait né de l'amour d'un loup et de la lune, ce qui fait rêver Laurence et Chloé, et ajoute à l'affection folle qu'elles lui portent déjà.

Les deux filles se disputent l'attention de la bête. C'est à qui dormirait avec Kiki, à qui sortirait Kiki, à qui flatterait et brosserait Kiki. À qui le présenterait à ses amies. Elles sont tristes de quitter la maison le matin et trop heureuses d'y revenir le soir. Kiki les attend pour jouer. Kiki les attend toujours. Maman n'est peut-être pas présente, mais leur Kiki chéri, lui, oui. C'est sa fonction. On ne peut être déçu par quelqu'un dont la principale raison de vivre consiste à vous espérer.

Laurence avait les larmes aux yeux en me racontant cette histoire. Son amour des animaux n'est pas feint, visiblement. À l'écouter, il y avait un avant et un après Kiki. Je ne l'avais jamais entendue parler d'un être humain avec autant d'émotion.

Est-ce l'âge de Chloé, son autorité naturelle, son statut d'aînée ? Toujours est-il que, plus les mois avancent, plus la préférence de Kiki se tourne vers elle.

Kiki est un chien affectueux et fidèle, mais il fugue. Son instinct remonte rapidement à la surface. C'est un animal, un vrai. Le moindre tressaillement dans la forêt, la plus petite bête dans les fourrés, suffit à attirer son attention. Chasseur dans l'âme, comme tous les huskys, il peut se lancer éperdument à la poursuite d'un courant d'air. Il aime courir jusqu'à perdre haleine et devient fou de joie quand il se roule dans la neige ou dans les feuilles. L'appel de la nature est plus fort que tout.

Un jour, Kiki, profitant d'une porte laissée entrouverte par Laurence, s'évapore dans la nature. Malgré les appels répétés, l'animal reste introuvable. La rage de Chloé éclate. Laurence n'a que huit ans. Elle n'a jamais vu sa sœur dans un état pareil. Elle a peur de son aînée, qu'on croirait prête à mordre. Chloé finit par se jeter sur elle.

« Tu l'as fait exprès ! Tu l'as fait exprès ! Parce que Kiki m'aimait plus que toi », répète-t-elle, en la rouant de coups.

Laurence est catastrophée.

« Je vivais à la fois la perte d'un compagnon affectueux et la haine féroce de ma sœur qui, j'en étais convaincue, ne me pardonnerait jamais. »

Les Charier chercheront Kiki durant des semaines, multipliant les battues en forêt, placardant les poteaux d'avis de recherche, offrant des primes pour le retrouver, jusqu'au jour où un voisin viendra leur annoncer l'avoir retrouvé, mort, tué par un fermier des environs.

Kiki avait commencé à décimer son poulailler. Il fallait bien qu'il se nourrisse. L'homme l'a pris pour un loup, et l'a abattu.

« C'est la première fois que je vivais la mort d'un être cher, se rappelle Laurence. J'ai pleuré toutes les larmes de mon corps. Je me sentais profondément coupable. Chloé n'a rien fait pour arranger les choses. Je ne sais pas combien de fois je me suis excusée. J'avais peur qu'elle ne m'adresse plus jamais la parole. »

Sa mère essaie de tempérer les choses. Laurence n'est pas responsable. Kiki était une bête sauvage, au fond. Son instinct a pris le dessus. Ça aurait pu arriver à n'importe qui. Mais le mal est fait. Rien ni personne n'y pourra rien changer.

Je me demande si Laurence ne dramatise pas les choses afin de mieux se poser en victime. Ou pour romancer la genèse de son amour des animaux. Possible. Chloé a-t-elle été aussi violente qu'elle le prétend ? Et si c'était vrai que Laurence avait délibérément ouvert la porte, laissant fuir le chien dont l'affection était en train de lui échapper ?

Ces questions méritent d'être posées, mais l'incident lui-même me semble à première vue trop anecdotique pour figurer dans une biographie. Je le laisse en suspens. Des histoires de chien, il y en a des tonnes, aussi banalement émouvantes les unes que les autres, mais n'intéressant au final que ceux qui les vivent.

La mienne, par exemple. J'ai eu un labrador quand j'étais jeune. Elle était noire et obèse. Elle ressemblait plus à un phoque qu'à un chien. Pendant la journée, elle s'ennuyait, pire qu'un préposé au stationnement dans sa guérite. Notre nounou s'en occupait assez peu ; elle avait bien d'autres chats à fouetter. Résultat ? Un chien qu'on laisse à lui-même trouve toujours le moyen de nous rappeler qu'il s'ennuie. C'est en s'abandonnant à cette pensée qu'elle a ruiné des tapis, des souliers, des pattes de chaise, mangé des disques, déchiqueté la moitié des livres de la bibliothèque, s'offrant même un jour le luxe de répandre le contenu d'un sac de poubelle dans mon lit.

Bon, j'ai une grosse journée demain.

Je regarde le fond taché de rouge de mon verre vide.

J'ai sommeil.

12.

J'ai deviné de loin que c'était elle. Je l'ai reconnue, sans l'avoir jamais vue de mes yeux vue. Très grande, d'une minceur presque suspecte, cheveux noirs relevés en chignon, impeccable dans un survêtement de sport vert bouteille hyper moulant, Catherine Steinbeck esquissait d'étranges mouvements, agitant au ralenti ses bras interminables comme les pales déglinguées d'un moulin à vent. J'ai réalisé qu'elle faisait du taï-chi. Très concentrée, on aurait dit qu'elle implorait le centre-ville au complet de se détendre, qu'elle lui signifiait de ralentir le tempo. À quelques mètres d'elle, couché dans l'herbe, un jeune sans-abri dont elle ne se souciait nullement, partageait un morceau de pain avec son chien en la regardant d'un air perplexe.

Catherine Steinbeck m'avait donné rendez-vous dans le square Dorchester, face à l'édifice de la Sun Life. J'ai trouvé la proposition amusante. « J'adore les parcs, m'avait-elle dit au téléphone. Ça fait du bien, le grand air, ça éclaircit les idées. Les conversations sont plus franches. »

Constatant qu'elle avait les paupières closes, je me suis assis sur le banc à côté d'elle, sans faire de bruit, attendant qu'elle sorte de son monde. Elle a esquissé encore deux ou trois battements de bras, puis s'est tournée dans ma direction, a ouvert les yeux : elle avait toujours su où je me trouvais.

— Bonjour, Philippe.

— Bonjour, Catherine.

En une fraction de seconde, revenant sur Terre aussi vite que la pluie tombe du ciel, elle m'a détaillé de la tête aux pieds. Les baskets, le cheveu sciemment ébouriffé, la barbe de trois jours, la chemise élégante, mais froissée, elle a tout scanné avec une précision chirurgicale. Je le sais. Moi aussi, j'ai appris à regarder sans regarder. Ce qu'elle a retenu ? L'obstination d'un quadra à vouloir passer pour plus jeune qu'il ne l'est.

— Tu étais là depuis longtemps ?

— J'admirais le spectacle. C'était du taï-chi ?

— Oui. Il faut bien trouver son équilibre dans ce métier de fous. Et contrairement au yoga ou à la méditation, on peut pratiquer le taï-chi à peu près n'importe où et n'importe quand.

— Ça semble tellement apaisant.

— Je dirais plutôt énergisant. Le taï-chi est un art martial à la base, tu sais.

— Vous me l'apprenez.

— On ne peut pas tout savoir, Philippe. Sinon, la vie serait mortelle.

Catherine, avec un C, tient-elle à préciser, Steinbeck est l'agente de Laurence Stewart. Creative Management Agency, CMA pour les intimes, c'est elle. À Hollywood, elle a le pouvoir de faire des carrières, et la réputation de les défaire. C'est à elle que je vais devoir me rapporter pour l'approbation de mes textes. Si ça se trouve, la censure va porter un nom. Elle a pris Laurence sous son aile, et l'incubation amorcée il y a six ans ne semble pas vouloir se terminer. Pendant que son personnel chouchoute le reste de l'écurie, elle se consacre à « sa petite » à temps plein ou presque. « C'est mon plus beau projet. Un diamant brut que je polis amoureusement. »

La quarantaine, visage anguleux, long nez droit, lèvres fines, dents parfaitement alignées, sourcils denses, teint diaphane, le dos droit comme celui d'une ballerine, se déplaçant avec une grâce naturelle, Catherine Steinbeck pourrait être née au XIXe siècle. Il n'y a rien d'ostentatoire chez elle, aucune fausse note ; elle ressemble à une héroïne romantique, une madame Bovary, tiens, ou à l'image que l'on s'en fait. Une belle femme aux qualités viriles, dirait Baudelaire s'il ne l'avait déjà dit.

Elle s'est approchée de moi, voulant me faire la bise, alors que je me levais dans le même mouvement. Nos têtes se sont cognées légèrement. Nous avons souri de cette maladresse.

— Très heureuse de te rencontrer.

Elle me tutoyait, la jouait *friendly*. À l'américaine. J'ai emboîté le pas.

— Laurence m'a beaucoup parlé de toi. En bien, je te rassure.

— Je n'étais pas inquiète.

— Tu es parmi les rares personnes en qui elle a entièrement confiance.

— Je suis contente de l'entendre. Quand je l'ai connue, Laurence n'était encore qu'une débutante un peu naïve et étourdie, un oiseau tombé du nid. Elle ne connaissait rien, ou si peu, d'Hollywood, du milieu, de ce qu'il est possible de faire ou surtout, de ne pas faire. De cette jungle dont elle devenait tout à coup la nouvelle proie.

— Mais vous… tu as une bonne élève entre les mains. Laurence comprend vite. Et elle sait se défendre.

— Absolument. La petite n'est pas une écervelée. Elle a du caractère. Elle vient de loin. Dans tout ça, je me vois comme la gardienne du temple. J'essaie de la protéger contre elle-même. Les acteurs sont des artistes, tu sais. Souvent émotifs. Impulsifs. Instables. Laurence est une idéaliste, une femme de convictions, et je l'adore. Mais elle a besoin d'un ancrage. Moi, je suis plus rigoureuse, plus raisonnée. On se complète à merveille. Je sais qu'elle a sa sœur à qui elle peut se confier, mais moi, ce n'est pas pareil. Je ne suis pas prise dans toutes ces histoires de famille. Notre relation est d'abord professionnelle ; elle ne devient personnelle que s'il le faut. Si elle le demande. Parce qu'on n'est pas des robots, on a tous des sentiments.

— À ce que j'en sais, c'est essentiel d'être bien entouré quand on évolue dans le milieu du cinéma. Sinon, on peut se faire manger tout rond.

— Tu sais ce que j'aime le plus dans mon métier ? C'est construire des carrières pierre par pierre, rôle par rôle, réalisateur par réalisateur, journaliste par journaliste, entrevue par entrevue. Prendre une matière brute, la raffiner, la façonner, l'aider à trouver sa vraie personnalité.

Catherine Steinbeck parlait un français impeccable. Je n'ai pas pu m'empêcher de la complimenter. Elle m'a remercié. Fille de parents francophiles, elle m'a précisé avec une certaine fierté qu'elle avait fait son *high school* au Lycée Français de Los Angeles, puis vécu trois ans à Paris avec son premier mari, un architecte. « Ma rencontre avec Laurence n'est pas le fruit du hasard. Il y a des signes dans l'univers qui ne trompent pas. Mon destin était tracé, nous étions faites pour nous rencontrer. À travers nous, une espèce de réunion des Amériques française et anglaise. »

J'étais impressionné. Je n'avais pas affaire à une affairiste de type primitif.

— Maintenant, parlons un peu de notre projet.

— Avec plaisir.

— Dis-moi, comment tu vois cette bio ?

— Je veux d'abord et avant tout qu'elle soit honnête. Limpide. Représentative du personnage autant que de la personne. Ce sera aussi le récit d'une ascension, comme toutes les bonnes bios. Je veux réussir à apprendre des choses à ceux qui croyaient bien connaître Laurence. Je veux aller puiser au fond de son âme. En écrivant sur son passé, je voudrais que l'on puisse deviner son avenir.

— C'est bien dit. J'adore la littérature, tu sais, Philippe. Je suis une Steinbeck. Si tu veux tout savoir, et même si tu ne le veux pas, je vais te le dire : je suis la petite-cousine du grand romancier. Tu as lu Steinbeck ?

— Oui, il y a longtemps. À l'université. *À l'est d'Eden*, si je me rappelle bien.

— À cause du mythe James Dean, sans doute. Le film a fait connaître le livre, mais ce n'était pas son meilleur roman. *Les Raisins de la colère* est nettement supérieur, plus puissant. C'était aussi son préféré. Et ça, je le tiens de source sûre. C'est son propre fils, Thom, qui me l'a confirmé.

— C'est noté.

— Mais revenons à nos moutons. Mettons les choses au clair. Notre relation doit être une vraie collaboration. Je ne suis pas là pour te mettre des bâtons dans les roues. Je sais que la création a besoin de liberté pour s'exprimer. Tu as un travail à faire...

— Merci de le reconnaître.

— Mais j'ai le mien.

Sur ces paroles, elle s'est levée brusquement. Assez pour que le chien du sans-abri soit surpris autant que moi, se mette à japper et que d'un «*Shut up!*» bien senti, elle lui intime l'ordre de se taire. Ce qu'il fit.

La dame avait autant de lettres que d'esprit, ce qui n'était pas pour me déplaire, Par contre, j'allais devoir composer avec une *control freak* de calibre international, imbue d'elle-même et de son pouvoir, prête à piétiner ceux qui se dressent sur son chemin. Et cette parenté, même lointaine, avec le grand écrivain californien dont elle s'enorgueillissait et qui s'accompagnait, j'en avais bien peur, de velléités littéraires, risquait de la rendre encore plus envahissante. Heureusement, j'en avais vu d'autres. L'agent d'Hector Rondeau aussi avait essayé de me tenir la main pour écrire. Sans succès.

— Nous avons approximativement le même âge, Philippe. Nous partageons sans doute les mêmes sensibilités, n'est-ce pas? Ça devrait bien aller.

— Je nous le souhaite, Catherine.

— Je t'envoie un calendrier précis des livrables dans les prochains jours. Peut-être aussi, quelques pistes de réflexion. Si ça peut t'aider... Tu en feras ce que tu voudras. Namaste, Philippe.

— Namaste.

13.

Nous sommes en décembre 2014, Laurence revient au Québec pour passer le temps des Fêtes dans sa famille. La jeune actrice n'a pas mis les pieds au pays depuis presque deux ans. Elle est arrivée, les bras chargés de cadeaux, espérant que choux et rubans dorés suffisent pour se faire pardonner sa longue absence.

Sa mère n'est pas bien. La dépression qui la mine depuis des mois ne lui laisse aucun répit. Elle avale des médicaments à la chaîne, et reste couchée certains jours jusqu'à midi. Laurence fait tout ce qu'elle peut pour garder leur amour bien vivant ; elle l'appelle le plus souvent possible, renfloue chaque mois son compte bancaire. C'est sa façon d'être présente, elle qui se trouve souvent à l'autre bout du monde.

Laurence et sa sœur ont convenu de louer un grand chalet à Morin-Heights, à quelques kilomètres de la maison de leur enfance. Pour que la famille, les amis puissent passer. Laurence a tout payé, le chalet, le traiteur, les surprises.

Laurence est heureuse de revoir sa maman, de pouvoir la prendre dans ses bras de nouveau, de lui raconter sa vie à Hollywood. Elle s'ennuie de cette présence physique, de cette proximité qui n'a pas besoin de mots pour faire du bien et que seule une famille peut procurer. Oui, elle lui manque, sa mère en particulier.

Simone aussi est contente. La perspective de ces retrouvailles lui a fait un bien immense. Elle est passée chez le coiffeur, a couru s'acheter un nouveau chemisier. C'est comme si elle émergeait d'un long sommeil, encore ébouriffée, mais lumineuse et prête à donner une deuxième chance à la vie.

« Ma petite chatte est revenue », ne cesse-t-elle de répéter à qui veut l'entendre. Elle est tellement fière de Laurence. Elle ne la regarde pas, elle l'admire. Elle ressuscite en la voyant. Une apparition divine, miraculeuse pour chasser ses idées noires.

La journée se passe sur un nuage. Laurence et Chloé s'installent au coin du feu pour jouer au Monopoly. Simone sourit de les voir se chamailler gentiment, comme quand elles étaient petites.

La suite est embarassante. Laurence me l'a dépeinte dans les moindres détails, chacun s'étant imprimé dans sa mémoire, me faisant du même souffle promettre de ne pas la consigner. Mais la scène tourne dans ma tête et je l'écris quand même. Quitte à la supprimer plus tard.

Ce soir-là, Chloé a bu plus que de coutume. À entendre son rire puissant retentir aux quatre coins du chalet, clameur clownesque reconnaissable entre mille, Laurence sait que le temps est à l'orage. Au terme du repas, il ne reste autour de la table que le mari de Chloé, Simone, ses deux filles, ses deux sœurs et leurs compagnons respectifs. Les enfants dorment à l'étage.

C'est une demande de Laurence, inoffensive en apparence, qui fera capoter les belles retrouvailles.

— Maman, j'aimerais bien qu'on aille marcher ensemble après le dessert. Le ciel est magnifique, ce soir. Il y a plein d'étoiles.

Chloé a tendu l'oreille, comme chaque fois que Laurence respire et ouvre la bouche. Elle a bien compris qu'elle réclamait un entretien privé auprès de cette mère qu'elle voit si rarement. Qu'elle délaisse. Qu'elle a abandonnée à elle-même. Une négligence qui a précipité la détérioration de sa santé mentale, elle en est convaincue.

Chloé l'apostrophe devant tout le monde.

— On sait bien. Ma petite sœur va essayer de faire oublier ses silences. Tout le monde sait que t'es jamais là ! C'est moi qui m'occupe de maman. Je vais la voir tous les jours. Tous les jours, t'entends ?

— Chloé, calme-toi, intervient timidement son conjoint.

— Madame est trop occupée par sa carrière. Madame fait la belle. Madame pavane. T'as jamais pensé à rien d'autre qu'à toi, de toute façon. Es-tu le centre du monde, Miss Univers ? Tout gravite autour de toi ? C'est ça ?

Sa mère essaie de la raisonner à son tour.

— Arrête, Chloé, c'est pas le moment. Pour une fois que Laurence est avec nous. Ne gâche pas tout. Laurence fait tout ce qu'elle peut pour...

Chloé la coupe brutalement.

— T'as fini de prendre sa défense ? T'as toujours pris sa défense. TOUJOURS ! Ta Lolo ! Ta Lolo ! Ta petite dernière, ton chant du cygne, ton bâton de vieillesse. *Fuck off!*

— C'est pas vrai! J'vous aime toutes les deux.

— Ben oui, moi, la servante, pis elle, la princesse...

Laurence en a assez entendu.

— Chloé, t'es méchante. C'est pas le moment de régler tes comptes.

— Tiens, parlant de comptes... Tu penses que tu peux tout acheter, toi, hein? Mais s'il y a une chose que tu pourras jamais acheter, c'est notre amour, Laurence Charier!

Laurence dépose sa serviette de table, se lève lentement, contourne la table et se dresse devant sa sœur. Elle la dévisage de longues secondes, comme si elle observait, dégoûtée, un insecte étrange pour la première fois.

— Penses-tu que tu me donnes l'envie de revenir? lui balance Laurence. Tu salis tout, Chloé. C'est pas de notre faute si ta vie est nulle.

Chloé se met à pleurer. Entre deux sanglots, elle bredouille quelques mots.

— Excuse-moi, princesse. Je voulais pas...

— Ça va, ma reine, répond Laurence, en lui passant une main dans les cheveux. Tu viens maman? On va aller voir les étoiles.

Pourquoi Laurence m'a raconté tout ça? Je ne sais pas vraiment. Elle donne pourtant l'impression d'adorer sa sœur... Pour me laisser comprendre que la notoriété est parfois lourde à porter? Capable de polluer les plus belles relations? Que la gloire vient avec la responsabilité de ne pas en abuser ? Me ment-elle ? Peu importe. Je suis content, au fond, qu'elle se livre à moi. Je sens que l'on se rapproche. Si elle me mène en bateau, je vogue avec elle.

Cela dit, elle exige encore de passer cet épisode sous silence. Je me rends. Je me contente de la version officielle, celle qui sourit au public. Mais je sens que je ne vais pas pouvoir me taire éternellement.

Le lendemain matin, Laurence quitte le pays de son enfance le cœur léger et l'âme en paix. Trop heureuse de ses retrouvailles qu'elle avait planifiées et longtemps espérées. Il y a eu, bien sûr, quelques accrochages avec Chloé, mais n'est-ce pas normal entre deux sœurs de se crêper le chignon à l'occasion ? Ces réjouissances lui ont rappelé toute l'importance que la famille revêtait à ses yeux. Au moment du départ, alors qu'une petite neige se met à tomber, elle embrasse chaleureusement tous les convives, les serre l'un après l'autre dans ses bras et leur livre ses vœux de bonne et heureuse année.

C'est la dernière fois qu'elle verra sa mère vivante.

14.

Chloé habite un cottage moderne, de ceux qu'on trouve dans les magazines d'architecture, s'étirant sur un seul étage, recouvert de larges lattes de bois foncé, percé de fenêtres panoramiques qui courent d'un bout à l'autre du bâtiment.

Je m'aventure dans ce quartier huppé de la banlieue sud comme en pays étranger. Je sors rarement de la ville, à moins de prendre l'avion. Je suis au zoo. J'observe. Les larges avenues, les terrains verdoyants, les entrées de garage parfaitement goudronnées, des maisons assez grandes pour accueillir des villages entiers de Laotiens, tout cela a encore le don de m'étonner.

En arrivant devant chez Chloé, je remarque le trampoline planté dans le jardin. Le garage double. La minifourgonnette dans l'entrée. Le filet de basket des voisins. La thermopompe qui ronronne. Rien ne manque. Je m'enfonce en plein rêve américain.

Je sonne. Chloé m'accueille avec ce sourire scintillant que son métier de courtière immobilière lui a donné le loisir de parfaire. Chemisier couleur fuchsia, pantalon fuseau, ballerines noires, elle est impeccablement vêtue. Trop, presque, pour un après-midi de semaine, relaxe à la maison.

— Bienvenue chez moi. Merci d'avoir accepté mon invitation.

— C'est moi qui te remercie.

— On va pouvoir reprendre la conversation là où on l'a laissée.

— As-tu eu le temps de retrouver toutes les photos dont tu m'as parlé ?

— Je n'ai pas eu à chercher bien loin. Tu vas voir. Tout est bien rangé.

Elle m'invite à descendre dans son « espèce de musée », ce sont ses mots, une spacieuse pièce de télévision, attenante à la salle de jeu des enfants. « C'est là que je garde les souvenirs de ma sœur », dit-elle, s'amusant elle-même de la tonalité nécrologique de sa remarque.

Je la suis en riant. Je me sens comme un adolescent invité pour la première fois chez sa copine, en l'absence des parents. Au mur, deux monumentales affiches, l'une du film qui a fait connaître Laurence du grand public, *Oseras-tu ?*, l'autre de celui qui l'a consacrée à Hollywood, *The Silence*. Et des photos, beaucoup de photos, un mur complet de photos pêle-mêle. D'elle et de Laurence. À toutes les époques de leur vie. Un party d'Halloween. Un anniversaire. À Malibu. Avec Kiki. Devant le lac. À bord d'un canot. Des centaines et des centaines d'images des deux sœurs. Ensemble.

— Wow ! Ça en fait, des photos.

— Attends, j'en ai plein d'autres d'elle, enfant. Ça t'intéresse ?

— Bien sûr.

— Ce sont les miennes et celles de maman que j'ai rassemblées. Laurence n'est pas nostalgique. Elle m'a dit : « Garde-les, prends-en soin. »

— Elle ne les voulait pas ?

— Elle préférait que je m'en occupe. Je suis la gardienne de la mémoire familiale.

— Laurence ne s'intéresse pas à son passé ?

— Oui, elle s'y intéresse, mais pas tant que ça. J'ai parfois l'impression qu'elle est née avec son premier succès au cinéma. La Laurence d'avant lui importe moins.

— Pourtant, elle a accepté que je raconte sa vie. Toute sa vie.

— C'est vrai, mais je crois qu'elle a un peu honte de son passé. Elle n'a pas changé de nom pour rien.

— C'est pas l'impression qu'elle m'a donnée.

— Laurence est actrice.

— Oui, mais ça n'interdit pas d'être sincère.

— J'imagine. De toute façon, moi, je la connais, je la sens tellement. Des fois, j'ai l'impression qu'on est connectées l'une à l'autre par un cordon invisible.

— Vous n'êtes pas différentes de toutes les sœurs du monde, finalement ?

— C'est vrai, deux vraies sœurs. À la vie, à la mort. Même si nous sommes très différentes, comme je te disais la première fois qu'on s'est vus, on est tellement pareilles en même temps. Des fois, je me dis que j'aurais pu être elle. Connaître le même destin. Pourquoi elle, et pas moi ? Je n'ai pas de réponse. On a été élevées par la même mère. On a fréquenté la même école. On a aimé les mêmes comédiens, regardé les mêmes films. On est allées jusqu'à avoir le même prof de cinéma, sauf que moi, je l'ai épousé. C'est fascinant, non…

— Oui, c'est étrange, le destin.

— Mais je ne veux pas de sa gloire, de son argent. Cet amour maladif que lui voue son public, moi, ça me terrifie. Et Laurence qui n'a d'autre choix que de jouer le jeu. Totalement. Se livrer corps et âme à ces milliers de fans qui l'admirent. On peut se perdre... Je n'étais pas faite pour vivre sous les projecteurs.

— Mais il y a quelque chose de fascinant dans cette vie, non ?

— Ma sœur est célèbre. *So what?* Je l'aimerais autant si elle ne l'était pas. Je ne l'envie pas d'attirer tous les regards. Pourquoi je pourrais l'envier? Et puis, j'ai quelque chose qu'elle n'a pas. Une famille. Deux enfants. Mon Oscar à moi, c'est ça. Mais bon, assez parlé de ma petite personne. Tu veux voir mes photos les plus précieuses ?

Elle se lève et se dirige vers une vaste armoire qu'elle ouvre d'un geste décidé. De mon canapé, je peux admirer le classement. Chaque document, et ils sont nombreux – films, photos, découpures de journaux, magazines –, est identifié et ordonné avec un soin maniaque. Je me dis que je n'aurai jamais assez de la semaine pour traverser cette montagne de documentation.

— Ne t'en fais pas, on ne regardera pas tout ça, me dit Chloé, qui a semblé lire mon désarroi. Je t'ai préparé un album juste pour toi. Un condensé des meilleurs moments, de différentes époques.

Elle s'empare de l'album, qu'elle entrouvre en s'asseyant à mes côtés. Toutes les photos ont une légende, précisant le lieu et la date de la prise de vue. Elle commence à les commenter, identifiant les personnages, décrivant l'avant, le pendant et l'après photo. Elle n'oublie aucun détail. Enfant avec le chien Kiki. Sur le quai, une canne à pêche à la main.

Avec leur mère en pédalo. De nouveau, beaucoup de photos des deux sœurs, assez peu de Laurence seule.

— Regarde celle-là. Elle est belle, non ?

On y voit Laurence et Chloé enfants, couchées dans un lit, collées l'une contre l'autre sous un monceau de couvertures, le sourire fendu jusqu'aux oreilles.

— Laurence dit que je suis sa meilleure amie. Que dans son milieu, l'amitié n'existe pas. Qu'à Hollywood, on n'a pas d'amis, on n'a que des relations. J'ai toujours été fière de dire que notre amour n'a jamais souffert de sa gloire, de la distance qui nous sépare.

— Tu le penses vraiment ? Vous n'avez jamais eu d'accrochages ? Le fait qu'elle n'ait pas été là quand ta mère était malade, ça ne t'a pas dérangée ?

— Qu'est-ce que Laurence t'a raconté ? C'est sûr qu'elle t'a parlé de quelque chose, pour que tu dises ça…

Je ne peux pas reculer. Je lui relate l'épisode du repas des Fêtes qui a mal tourné. Il faut que je connaisse sa version. Elle m'écoute, en affichant un sourire narquois. Quand j'ai eu fini de rapporter les propos de Laurence, elle me regarde longuement, en hochant la tête.

— Tu sais, Laurence se donne toujours le beau rôle, tu vas finir par le comprendre, Philippe. Elle n'est pas devenue actrice pour rien. Je ne nie pas que je l'ai apostrophée. Mais ce qu'elle se garde bien de dire, c'est qu'elle m'avait reproché de mal m'occuper de maman… Devant tous les invités, ma famille, mon mari, mes filles. C'est elle qui a provoqué la dispute, au fond. Je pense même qu'elle la cherchait. Pour se donner une raison de repartir, de disparaître de nouveau.

— Ce n'est pas ce qu'elle m'a rapporté.

— Que veux-tu ? Laurence a la vérité sélective. Il y a encore plein de choses que tu ne sais pas. On préfère souvent faire l'impasse sur des situations qui ne nous avantagent pas. Attends, justement, je vais te montrer un truc. Un film expérimental de Laurence. Ça t'intéresse ?

— Bien sûr. Je suis curieux.

Elle ouvre un tiroir de l'armoire, en tire une clé USB qu'elle insère dans le lecteur du portable qu'elle a descendu avec elle. Sélectionnant un fichier vidéo, elle appuie négligemment sur Play, en se croisant les jambes.

Le film commence. Je ne comprends pas tout de suite ce que je vois. Ce qui se passe. Nous sommes dans une chambre. Dans la pénombre. La caméra s'approche d'un couple qui fait l'amour. Crûment. Brutalement. Sans rien cacher. La jeune femme du couple, c'est Laurence.

Je suis pétrifié.

On la reconnaît clairement. Une jeune Laurence de 18 ans. Les images sont de piètre qualité, filmées par un amateur. Laurence gémit comme dans un mauvais porno.

Je ne comprends pas.

— Ce sont les vrais débuts de ma sœur au cinéma, dit Chloé, en souriant. Fallait bien commencer quelque part.

Je suis confus. Mal à l'aise. J'ai juste envie de quitter la pièce. La maison. Le quartier. Chloé arrête la vidéo. Je me tourne vers elle.

— Pourquoi tu me montres ce truc-là ?

— Pour que tu saches que ça existe.

— Qu'est-ce que tu cherches à prouver ?

— Rien de particulier. C'est pas ça, écrire une bio ? Fouiller, déterrer, chercher la vérité…

— Ta sœur sait que ce film existe toujours ?

— Bien sûr qu'elle le sait. On a tous nos petits secrets. Toi aussi, t'as tes petits secrets, Philippe.

— Pourquoi Laurence a tourné ce film-là ?

— Pour le *kick*. Pour se prouver, je pense. Pour changer de casting : fuck les pubs de yogourt !

Je me lève, remonte les escaliers du sous-sol, sans rien dire. Je l'entends prononcer quelques mots derrière moi, sans beaucoup de conviction : « Attends, Philippe, attends. »

En sortant, j'appelle ma fille.

— Allô p'pa ! C'est rare que tu m'appelles. C'est toujours moi d'habitude. Ça va bien ?

— Oui, ça va. Je voulais juste entendre ta voix.

15.

Assis au comptoir d'un bar à la mode du Plateau, assiégé par une faune criarde et à peine pubère, je me sens tellement vieux. Un Renoir au Musée d'art contemporain.

Ma vie sexuelle est un désastre. Depuis des mois, mon sexe repose, sans bouger, enroulé sur lui-même comme un hérisson. J'ai envie de baiser. D'aimer et de l'être en retour. De tenir un autre corps que le mien dans mes bras, si ne n'est pas trop demander.

Je ne sais plus comment draguer. J'ai égaré le mode d'emploi dans les années 2000. Je regarde les filles, sans oser affronter leur regard. Je préfère me branler devant de la porno triste sur le Web, c'est moins de travail.

Je suis entre deux âges. Plus vraiment neuf, pas encore bon pour la casse. On fait quoi de sa vie sentimentale à 44 ans, quand on croit que l'amour ne peut plus nous sauver ? On propose quoi à une fille, à part l'illusion de se faire plaisir et la certitude de se réveiller sans se rappeler son nom ?

Je ne suis plus un projet.

Mon histoire est déjà écrite.

Fonder une nouvelle famille ? Jamais. J'ai donné. J'ai été recalé. L'affaire est entendue.

Lamentablement classique, je ne sais plus ce que je veux. Peut-être juste compter pour quelqu'un. Quelques minutes. Quelques heures. Une semaine. Le temps qu'il nous plaira.

J'ai appelé mon ami François pour avoir de ses nouvelles. À dire vrai, je souhaitais qu'il en prenne des miennes. Il m'a convaincu de sortir, d'aller prendre un verre, voir les filles « comme dans le bon vieux temps ». Je déteste cette expression. Le bon vieux temps était rarement aussi bon qu'on le prétend. À moins que ce ne soit le présent qui ait gagné en monotonie.

François travaille aux sports. C'est mon mauvais compagnon préféré. On a bu ensemble le cabernet-sauvignon 2008 de l'Argentine au complet. Tout en rondeurs, le sourire facile, une lueur malicieuse au fond de l'œil, il est le meilleur ami que l'on voudrait avoir. Et c'est moi qui l'ai. Il est l'incarnation du bon gars. Le voir me rassure. Est-ce la fréquentation quotidienne d'athlètes professionnels aux egos surdimensionnés qui le rend si simple et transparent ? Toujours est-il qu'il ne semble faire aucun effort pour être gentil. Tout cela lui vient naturellement.

Je me demande ce qu'il fait avec moi.

— Et puis, comment ça se passe au journal ?

— Ça change pas, la grosse déprime. Tu manques rien. Ils vont tous nous envoyer à la retraite avant 50 ans. Le journal perd de l'argent. La pub rentre pas.

— Tu me donnes vraiment le goût de retourner dans la salle.

— En plus, on essaie de séduire un jeune lectorat qui n'en a rien à foutre de notre *cruise*.

— Comme nous, ici, ce soir.

— Exactement.

Après quelques verres et une conversation sans intérêt, François est parti rejoindre sa famille. Je reste là, à regarder les bouteilles danser derrière le bar. C'est joli, toutes ces formes et ces couleurs qui se répondent. Un vitrail païen.

Les hostilités sont engagées. C'est à qui de la musique ou des clients crierait le plus fort, et moi, je n'entends que cette voix intérieure qui me répète : mais qu'est-ce que tu fais là ? Qu'est-ce que tu fais encore là ?

Je bois.

La barmaid me sourit. Elle a l'habitude de sourire. Elle est payée pour sourire. Elle doit avoir pitié de moi. Je la comprends. Dans quel nid de vipères ai-je atterri ? Je louvoie afin d'éviter les morsures. Et dire que Catherine Steinbeck a appelé Mousseau pour se plaindre que je n'avais pas respecté mon premier livrable. Je n'ai aucune porte de sortie. Pas même celle du journal, trop impatient de se débarrasser du bois mort dont je suis la première corde.

— Tu veux quelque chose ?

Tu parles d'une drôle de question. On veut tous quelque chose. On naît en voulant. De l'air. Le sein. La chaleur du corps de sa mère. Le problème, c'est qu'en grandissant, on sait de moins en moins quoi.

Je continue d'admirer sa bouche. Et les dents qu'elle contient. Elle devrait remercier sa dentiste ; elles ont la couleur d'un lavabo qu'on vient de récurer.

— Oui, la même chose, que je réponds, en regardant ailleurs, pour éviter qu'elle lise la tristesse dans mes yeux.

C'est raté.

— Ça va ?

Ça fait une éternité que quelqu'un, à part ma fille, m'a posé la question. Vraiment. Je veux dire, en attendant une vraie réponse. Ça va ? Si on était honnête et qu'on avait l'éternité devant nous, si on avait confiance en celui ou celle qui pose la question, bien on répondrait : pas vraiment.

— Oui. Et toi ?

— Oui. Faut.

Faut ? Faut !? Vaut mieux, peut-être. Mais faut, pourquoi faut ? Parce que c'est ton boulot d'aller. Parce qu'il faut bien vivre. Qu'il faut avancer. Travailler. Rencontrer du monde. Il faut avoir l'air d'aller pour pouvoir dire : « Ça va bien. » Mais personne ne t'oblige à bien aller. Personne.

— Travailles-tu beaucoup ?

— Trois soirs par semaine.

— Ça doit être payant ? Ça marche comme bar, non ?

— Excuse-moi.

Elle se tourne vers un autre client qui lui commande une bière. Ça doit être payant ? Ça doit être payant !? Je ne peux pas croire que je lui ai posé cette question-là. Une fois parti, je pourrais lui demander des nouvelles de ses cotisations retraite. On devient idiot, en manque d'amour.

Elle m'apporte mon verre de rouge.

— Huit et cinquante.

Je lui tends un billet de dix et la remercie. Elle sourit de nouveau.

— Est-ce que tu souris à tout le monde comme ça ?

— Non, juste à toi.

Elle tourne les talons et se dirige à l'autre bout du bar remplir le cabaret qu'un serveur à la barbe démesurée a déposé sur le comptoir. J'ai juste envie de crier : t'es nul, Vallières ! T'es nul à chier !

— Je peux te demander comment tu t'appelles ?

— Tu peux.

— Comment tu t'appelles ?

— Julianne.

— Allô, Julianne. Moi, c'est Philippe. Tu vas t'en souvenir ? Hein, est-ce que tu vas t'en souvenir ? S'il te plaît.

Le volume de la musique augmente.

J'engloutis mon verre.

Je suis saoul.

Je n'ai plus envie de sourire à personne.

Elle ne se souvient déjà plus de mon nom.

Elle se force à l'oublier.

16.

Son prénom est Leopoldo, mais tout le monde l'appelle Léo. Son père est d'origine portugaise, sa mère, québécoise. Il a des yeux en amande, aussi noirs que la nuit, des cils interminables et un sourire à faire fondre la calotte polaire. Toutes les filles qu'il croise sur son chemin craquent pour lui. Sa charmante timidité et son élégance naturelle ne font rien pour calmer le jeu.

Laurence a 19 ans ; Léo, 21. Le coup de foudre est instantané et spectaculaire. « Une explosion nucléaire ! C'est comme si j'avais rencontré l'amour en personne », résume Laurence.

Bien sûr, elle est sortie avec d'autres garçons avant le beau Léo. Des amourettes qui s'évanouissaient au bout de quelques mois, des relations unidimensionnelles où Laurence s'amusait à jouer à l'amour, à tirer les ficelles, à tester son redoutable pouvoir de séduction.

Mais avec Léo, c'est différent. Elle vit un amour d'égal à égale. Toutes les défenses de la belle tombent une à une, ses repères aussi, la laissant transparente, nue, offerte.

« Je n'étais jamais tombée amoureuse. Je ne comprenais pas ce sentiment-là. Je n'avais pas vécu cette émotion profonde, viscérale, cet ouragan qui bouscule tout sur son passage. Là, avec Léo, j'étais totalement subjuguée, aveuglée. Une vraie biche qui fige devant les phares d'une automobile. »

Ils se rencontrent à une fête chez des amis communs. La bière et le vin coulent à flots, comme chaque fois dans les soirées qu'elle fréquente. Quand elle entre dans la pièce, ils se reconnaissent. Instantanément. Il ne voit qu'elle. Elle ne voit que lui. On croirait assister à un conte de fées : ils s'attendaient depuis toutes ces années, et voilà qu'ils se trouvent.

Lau et Léo. Léo et Lau. Ils deviennent le couple de l'heure dans leur cercle d'amis. Trois mois plus tard, elle emménage chez lui. Ils ne roulent pas sur l'or. Léo travaille comme serveur dans un restaurant, en essayant tant bien que mal de poursuivre ses études en cinéma à l'Université Concordia. Ils passent la première année de leur relation sur un nuage. Rien n'aurait pu les détourner de leur amour.

« Laurence avait quelque chose de spécial, m'explique Léo, aujourd'hui photographe professionnel, quand je le rencontre à son studio de Griffintown. Elle était tellement belle. Tellement intense. On marchait dans une autre dimension. On vivait notre amour à cent milles à l'heure. Ici et maintenant. C'est peut-être ça la passion. »

Mais la passion s'accommode mal de l'absence. La carrière de Laurence a pris son envol. Elle est souvent partie, d'abord à Toronto, pour le travail, puis de plus en plus souvent à Los Angeles.

Au début, la distance ne fait qu'attiser leur amour. C'est un jeu. Ils se rejoignent à l'improviste. Font l'amour, intensément, à la sauvette, dans des ascenseurs, des loges, des chambres d'hôtel.

J'entends au loin la benne des ordures. J'ai oublié de mettre la poubelle à la rue. Je cours la chercher sous l'évier. Le camion est déjà passé. Je reviens à l'ordi. Je peste quelques secondes.

J'ai perdu le fil. Le retrouve…

Mais Laurence est de moins en moins disponible. Hollywood lui fait une cour assidue. Léo n'est pas de taille. Il est en train de perdre sa belle au profit d'une carrière qu'il juge superficielle. Et cet aréopage de beaux acteurs avec qui elle joue ne fait qu'attiser sa jalousie.

Toute cette histoire n'est pas aussi romantique qu'elle en a l'air. Je le sais. Léo me l'a racontée.

Bien sûr que Laurence et lui étaient fous l'un de l'autre. Bien sûr qu'ils ont vécu un coup de foudre. Mais leur relation est née dans un climat délétère.

Léo sortait avec Chloé depuis quelques mois, avant que Laurence ne mette le grappin dessus. Dans l'esprit de Chloé, il ne faisait aucun doute : Laurence lui avait volé son amoureux, peu importe si l'attraction était réciproque. Elle lui en a voulu. Beaucoup et longtemps. L'accablant de tous les noms. Laurence avait rompu un accord tacite : tu ne touches pas à mes amoureux, je ne touche pas aux tiens.

Quand je lui en ai parlé, Chloé m'a répondu par une bravade. « Au fond, je la remercie de m'en avoir débarrassé.

Ce gars-là a fait la preuve par A plus B que c'était un petit crétin et qu'il ne méritait la confiance de personne, surtout pas la mienne. »

Mais Chloé a mis du temps à digérer l'incident. Elle n'en démordait pas : c'est Laurence qui avait entrepris les rapprochements. C'était elle l'instigatrice. Elle avait minaudé, battu des cils, tourné autour de lui pendant des semaines, jusqu'à ce que Léo, étourdi comme un insecte par la lumière, lui tombe dans les bras.

Laurence s'en est défendue. Elle a fait porter la responsabilité sur le beau Portugais. Qui l'avait courtisée en secret. Qui s'était montré insistant dans ses avances. Peu importe la manière, le résultat était le même, pensait Chloé. Le mal était fait. Elle se retrouvait doublement victime, et de l'infidélité de son amoureux et de la trahison de sa sœur.

Avoir voulu punir Chloé, Laurence ne s'y serait pas prise autrement. De quoi au juste aurait-elle voulu se venger ? Ce n'était peut-être au fond qu'une façon cruelle de rétablir le rapport des forces entre les deux.

Je ne sais pas.

Il reste beaucoup de trous à combler.

17.

Je dépose chaque article dans mon sac d'entraînement avec la minutie d'un nouveau conscrit : des sandales, un maillot de bain démodé, des lunettes qui me donnent l'air d'un batracien, un cadenas dont j'ai retranscrit la combinaison à l'arrière, 51-24-07, de crainte de l'oublier, et une serviette de plage kitsch, ornée d'un palmier orangé.

Je vais à la piscine. Mon médecin de famille m'a suggéré de faire de l'exercice. Je lui ai répondu que l'exercice m'ennuyait. Que le gym ne servait qu'à fabriquer des *douchebags*. Que le jogging m'inspirait une question à laquelle je ne trouve pas de réponse : je cours après quoi exactement ? Et finalement, que je n'avais personne avec qui échanger des volants de badminton.

« Je vous le conseille très fortement, a-t-il pris soin de répéter. À votre âge et dans votre condition, il va falloir apprendre à lever autre chose que le coude. » De quelle condition parle-t-il ? Physique ? Psychologique ? Les deux, sûrement.

En sortant de son cabinet, sur le chemin du retour, en écoutant Amy Winehouse s'arracher le pancréas du corps, je me suis souvenu que je savais nager. Que j'aimais nager, même. Au début de l'adolescence, j'étais membre du club de natation de mon quartier. Je n'étais ni le meilleur, ni le moins bon. Mais ce n'était pas mes performances qui m'importaient. Je m'étais trouvé un groupe d'appartenance, loin de la maison et de son atmosphère de salon funéraire. C'était aussi la façon la plus ingénieuse que j'avais trouvée de fréquenter trois heures par semaine des filles de mon âge à moitié habillées. Ma libido de l'époque aurait dit à moitié nues.

De voir cet amoncellement de formes éclater sous mes yeux, toute cette chair palpitante, chauffée aux hormones, me précipitait dans un tel état d'excitation qu'il m'arrivait de me jeter à l'eau pour éviter que mon émoi ne soit trop manifeste.

L'eau de la piscine est froide. Je frissonne.

Je m'engage dans le couloir rapide. Je ne suis pas seul. Je dois suivre la cadence. Être chasseur ou être chassé. Je souque ferme. Le futile esprit de compétition que je croyais disparu remonte à la surface. Pourquoi ce trentenaire au ventre suffisant nage-t-il plus vite que moi ? Et cette petite dame ratatinée, et le chlore n'est pas ici en cause, me colle-t-elle au derrière juste pour me contrarier ?

Je flotte. Je suis ailleurs.

En quelques battements de jambes, je retrouve cette sensation depuis longtemps oubliée, celle de glisser sur de la soie, d'échapper à l'attraction terrestre, le sentiment de me libérer du poids des choses, d'être dans mon élément, finalement.

Je maintiens le rythme. Je me surprends moi-même à pratiquer le virage-culbute, une fois arrivé au mur, comme je le faisais en compétition. Je fléchis les jambes, et je pousse de toutes mes forces sur la paroi. Je sens mes muscles se détendre. Je me laisse porter par l'élan de longues secondes sous l'eau.

Je suis une raie. Je me moque des abîmes. L'espace d'un instant, entre deux respirations, je me revois adolescent, pur, léger, insouciant, quand je n'avais d'autres inquiétudes que la longueur de mon pénis et mes notes en mathématiques.

En sortant de la piscine, je me sens étonnamment bien. J'éprouve ce sentiment euphorisant d'avoir retrouvé l'usage de mes membres, repris possession de mon corps. Je me dis que je vais revenir.

Un monsieur d'un certain âge me regarde en enfilant son bonnet de bain. Me sourit. Je lui rends la pareille, même si je m'interroge sur ses véritables intentions et, peut-être même, sur sa santé mentale. C'est con, cette réaction. Pourquoi se surprendrait-on de quelqu'un qui vous adresse un sourire ? Sommes-nous devenus à ce point parano qu'il faille s'inquiéter d'un acte aussi pacifique ? Même la bonté est devenue équivoque.

J'ai l'impression d'avoir déjà rencontré cet homme quelque part. Un ami de mon père ? Quelqu'un que j'ai interviewé ? Je ne sais pas, je n'arrive pas à me souvenir.

Il ressemble à un armateur grec. Le nez aquilin. La peau tannée par les vents. Le sourcil en bataille. L'œil vif et taquin. Malgré ses 80 ans passés, il respire le bonheur. Je l'envie. Je voudrais être de sa trempe si je vis aussi longtemps. De cette race de vieux qui se rient de la mort.

Il me salue de la main, comme s'il partait en voyage pour quelques jours, descend lentement l'échelle, et se pose sur l'eau avec la grâce d'un cygne.

Il n'est déjà plus qu'une forme anonyme en quête d'apesanteur. Une goutte de pluie dans l'océan.

18.

Ce soir-là, Bernard Charier a fui la maison en voleur, sans regarder derrière lui. S'il n'avait pas quitté les lieux de lui-même, ce sont les policiers qui l'auraient invité à sortir. Simone en a assez. Assez de ses absences, de ses excès de rage, de ses crises de jalousie, de ses infidélités.

Elle n'en peut plus de cette vie. Propriétaire d'une crêperie à Sainte-Adèle, Bernard Charier est rarement à la maison. Quand il ne travaille pas, il se lance avec ses amis dans des beuveries qui peuvent durer plusieurs jours. Avec sa gueule de mauvais garçon, ses belles manières, il sait parler aux filles. Il collectionne les maîtresses. Simone n'est peut-être pas un ange non plus, mais elle a son orgueil, et ses filles n'ont pas à subir le spectacle de ce père vulgaire et irresponsable.

Elle a peur de lui, aussi. Bernard Charier est un homme violent. Avant qu'il ne s'en prenne aux enfants, il doit partir. Disparaître de leur vie. Les cris fusent. Elle le chasse de la maison. Cette nuit-là, et celles qui vont suivre, Simone et les filles dorment chez les grands-parents, le temps de faire changer les serrures de la maison et que la poussière retombe un peu.

Laurence avait six ans. Elle voyait bien que quelque chose ne tournait pas rond dans la maison. Les cris, les gifles, ces dimanches silencieux, lourds de toutes ces rancœurs et de ces bouderies accumulées. Elle ne comprenait pas le drame, mais le sentait. Tous les enfants comprennent instinctivement quand ça ne va pas. Ce sont de petits animaux qui voient très bien le feu se rapprocher et la chaleur monter. Ils cherchent à se protéger du brasier comme ils peuvent.

Une fois la séparation officialisée, les filles Charier rendent visite à leur père chaque dimanche. Il les emmène souvent à son restaurant, où il peut poursuivre ses activités. Ces rencontres dominicales se poursuivent jusqu'au jour où, vers l'âge de 10 ans, Laurence refuse de se plier à ce rituel. Elle prend le parti de sa mère contre cet homme qui ne cesse de s'enfoncer dans la grossièreté et la misanthropie. « Je le trouvais pitoyable. Ce personnage faible et indélicat, c'était mon père. » Chloé, elle, refuse de briser les ponts, trouvant dans cette nouvelle relation exclusive une façon de se distinguer de sa sœur.

Je me demande ce que Chloé va penser de ce passage. S'est-elle vraiment rangée du côté de son père ? En même temps, pourquoi je la ménagerais ? Après ce qu'elle m'a montré… Eh bien, je la prends au mot : en bon biographe, je « cherche la vérité ». Je n'en suis pas le dépositaire, je tente de la capturer.

Au printemps 2006, le restaurant La Clairière fait faillite, accélérant la déchéance de Bernard. La débauche de l'homme va en s'intensifiant. Il vivote de petits boulots en plus petits encore, tout en écumant les bars de la région. Puis un jour, comme ça, sans que personne comprenne trop pourquoi, sans qu'il révèle ses intentions à quiconque, pas même à Chloé, sa fille chérie, il disparaît dans la nature. Littéralement.

On le croit même mort.

Sa vie d'ermite peut commencer.

Il faut maintenant que je mette la main sur le bonhomme. Que je lui parle. Qu'il me parle, surtout. Afin de le dépeindre le plus justement possible. Sans doute est-il campé quelque part entre le salaud de Laurence et l'écorché de Chloé. Je dois éviter les zones d'ombre dans cette bio.

Je me sens observé.

Je n'ai aucune marge de manœuvre.

19.

Laurence n'a que 12 ans quand elle obtient son premier vrai rôle au petit écran, dans *Les campeuses*, une série qui connaîtra beaucoup de succès auprès d'un jeune public. L'action se déroule dans un camp d'été où l'on suit les péripéties d'une chambrée de campeuses (et de campeurs) issues de milieux différents.

Laurence y joue le rôle de Vivianne, le stéréotype de la petite bourgeoise, un peu peste, une espèce de mijaurée pas encore sortie des jupes de sa mère, qui a peur de tout, du noir, des araignées, des éclairs, et même de son ombre. Ce qui est loin de la vérité, Laurence étant de nature intrépide, habituée à la forêt et aux grands espaces.

« Je me suis amusée comme une folle. Ce fut vraiment un rôle de composition. »

Au début de la série, son personnage légèrement risible paraît plutôt désagréable, voire antipathique, mais allant d'initiations en révélations, sa Vivianne se décoince, sort de son cocon, affiche son courage et fait craquer toutes les campeuses, et un campeur en particulier, du camp Lajoie.

Dès la première diffusion de la série, Laurence devient une vedette à l'école, où elle entame son cours secondaire. Elle se fait à la fois une légion d'admirateurs et l'équivalent en détracteurs, surtout chez les plus âgés. Elle apprend vite qu'elle ne peut faire l'unanimité, que la gloire a un prix. Elle perd même sa meilleure amie, qui ne supporte pas l'idée de partager Laurence avec ses nouveaux groupies.

Pour accommoder l'équipe de tournage, Laurence manque souvent l'école. Même si l'essentiel de la série est tourné l'été, certaines scènes intérieures sont filmées en studio pendant les classes. Sa maman l'accompagne alors dans ses déplacements. Quand elles viennent à Montréal, elles logent chez Alison, la sœur de sa mère, qui habite un grand appartement, boulevard Saint-Joseph.

Laurence a son fan-club géré par Simone : le Lolo Club comptera jusqu'à 1000 membres. Elle a des correspondants, essentiellement des petites filles, partout au Québec.

Je m'ennuie moi-même. Tout ça manque dramatiquement d'allant. Je retourne dans mes notes chercher la chair à mettre autour de l'os. Je tombe sur ce passage où Chloé me confie avoir très mal vécu cette période. Sous la lointaine supervision de sa grand-mère, elle restait souvent seule à la maison. Sa mère la jugeait assez grande pour s'occuper d'elle-même, ce qui lui laissait tout le loisir de se vouer à la destinée de Laurence.

Chloé se souvient d'avoir senti un profond sentiment d'injustice l'envahir. Elle ne récoltait que les miettes.

Pourquoi Laurence recevait-elle toute l'attention de sa mère? Chloé se sentait délaissée. Elle voyait sa sœur grandir plus vite qu'elle. Son rôle d'aînée était en péril et elle en voulait à la Terre entière.

Elle s'est mise à faire les quatre cents coups avec un nouveau groupe d'amis plus âgés qu'elle. Sa mère ne voyait rien. Ne comprenait pas sa détresse. Chloé est capable de le reconnaître aujourd'hui: elle était devenue le diable en personne, la fauteuse de troubles, celle par qui les problèmes arrivent. La pluie, les nuages, l'amertume, la rage. Simone, elle, préférait se promener du côté du soleil, sous la chaleur des projecteurs, lumineuse dans l'aura de sa petite chatte.

À 15 ans, Chloé flirtait avec la délinquance. Elle avalait tout ce qui lui tombait sous la main, alcool, pot, mescaline, amphés, couchait avec des garçons plus vieux. Séchait ses cours. Ses notes plongèrent de façon vertigineuse.

Elle m'a confié un triste épisode: un soir, sa mère a été obligée d'aller la chercher dans un motel sur la route 117. Les policiers l'avaient retrouvée à moitié nue et ivre morte dans une chambre. Quelques semaines plus tard, elle s'est fait prendre à voler à la tire au Walmart de Sainte-Agathe. Cette fois-là, c'est son père qui a dû se présenter au poste de police.

Malheureusement, la série *Les campeuses* ne survit pas à sa deuxième saison. Le Lolo Club perd de son intérêt et s'éteint de lui-même.

Laurence retourne à l'anonymat. Une pause qui lui a été salutaire, pense-t-elle. «Je suis redevenue normale. Une ado comme les autres. Je n'étais pas fâchée. La majorité des ados de la Terre aspire à se fondre dans le groupe. Je n'étais pas différente. Et puis, j'ai retrouvé ma sœur, qui en avait bien besoin. Elle traversait une période difficile. Nous avons retrouvé nos jeux, notre complicité. Elle, la reine, moi, la princesse. »

Si Laurence est heureuse de se poser, de redevenir la Laurence des bois et non des plateaux, Simone, elle, ne veut pas en rester là. Elle essaie par tous les moyens de vendre sa fille à gauche et à droite. Elle a la conviction qu'elle n'est pas un feu de paille.

Jusqu'au jour où Laurence lui fait clairement comprendre qu'elle en a assez de cette gloire. « Je ne voulais plus jouer à la vedette. » Commence alors une nouvelle vie « plus ordinaire ». Entre 14 et 18 ans, ce seront les années de questionnement, de recherche et d'éveil, principalement à la cause écologiste.

Les lignes se chevauchent, les lettres se télescopent. J'ai trop bu. Je vais me coucher. Essayer de dormir. Je n'ai pas le courage de me brosser les dents. Je prends un demi-somnifère. Si jamais je me réveille, ce qui arrive une nuit sur deux, je prendrai l'autre moitié.

20.

J'ai réussi à rencontrer Bernard Charier. C'est Chloé qui m'a filé son numéro de téléphone. Mais chaque fois que j'appelais, je tombais sur un répondeur du dernier millénaire. Je lui ai laissé au moins trois messages, tous restés sans réponse. Les filles m'avaient averti : c'est un homme imprévisible, difficile d'approche. Autant il peut être charmant, autant il a la réputation d'être cassant et intraitable.

En désespoir de cause, j'ai décidé d'aller cogner directement à sa porte, qui n'est pas celle d'à côté : il habite près de Mont-Laurier, là où les lacs sont si nombreux qu'on manque de noms pour les baptiser.

Le bonhomme Charier s'est enfoncé dans l'arrière-pays et dans le silence. Il s'est retiré du monde pour ne plus avoir à le subir, et vice versa. Il y a des hédonistes qui meurent de trop aimer la vie, qui abusent de ses plaisirs jusqu'à se transformer en leur contraire : des ascètes. On dit généralement qu'ils ne savent pas vivre.

Avant de mourir, Bernard Charier a choisi de disparaître.

Le père de Laurence vit dans une roulotte au bout d'un chemin de terre, découpé grossièrement au milieu d'une forêt touffue d'épinettes noires géantes. Quand je suis descendu de la voiture, j'ai entendu un chien japper. À la force de l'aboiement, j'ai deviné que c'était un molosse. Dans le fond des bois, de qui peut-on bien vouloir se protéger, sinon des indésirables ? Il n'y avait aucun voisin autour.

En m'approchant, j'ai vu le berger allemand au bout de sa chaîne, fixée à quelques mètres de la roulotte. À ma vue, il a aboyé encore plus fort. Sa chaîne claquait. Je n'étais visiblement pas le bienvenu.

J'ai accéléré le pas et cogné à la porte de métal, une première fois, puis une deuxième. À travers la moustiquaire, j'ai entendu le maître crier à l'attention de son chien : « Ta gueule, Cowboy ! Ta gueule, j'ai dit. »

Le visage de Bernard Charier est apparu à travers la moustiquaire.

— Oui, c'est pour quoi ?

— Bonjour, monsieur Charier. Je m'appelle Philippe Vallières, je suis journaliste. Je vous ai laissé des messages sur votre répondeur.

— J'écoute jamais mes messages. Qu'est-ce que vous voulez ?

— Est-ce que votre Chloé vous a dit que j'écris la biographie de sa sœur ?

— Ça fait vingt ans que j'ai pas vu Laurence. J'ai rien à vous dire.

— OK, mais peut-être qu'elle, elle a quelque chose à vous dire.

Après quelques secondes d'hésitation, Charier a entrouvert la porte. J'ai pu m'infiltrer, en le remerciant.

Il parlait comme un Français, mais avec un accent québécois, à moins que ce ne soit l'inverse. Il m'a invité à m'asseoir dans la cuisine. Il ne s'était pas rasé depuis plusieurs jours, et une odeur de pourriture flottait dans l'air.

— Vous habitez ici depuis longtemps ?

— Ça vous regarde pas. C'est ma biographie que vous écrivez ou quoi ?

— Désolé, je ne voulais pas vous…

— Eh ben, la Lolo est rendue là ? Une biographie… Ça fait longtemps que je ne suis plus sa carrière.

— C'est une immense star maintenant, vous savez. Elle a remporté un Oscar.

— On me l'a dit.

— Je peux juste vous poser quelques questions sur elle ?

Il a émis un grognement que j'ai interprété comme un oui.

— Quel genre de petite fille était Laurence ?

— Elle était gentille. Douce… Secrète, aussi. On se ressemblait beaucoup, finalement. Trop, sans doute. Chloé, à l'inverse, c'était tout le portrait de sa mère. Le même caractère bouillant. Plus démonstrative, plus calculatrice, aussi.

— Pensez-vous que votre séparation a pu blesser Laurence ?

— Tous les enfants sortent amochés d'un divorce. Mais elle a choisi son camp, celui de sa mère.

— Vous lui en avez voulu ?

— Oui… Je ne pense pas que je méritais son mépris. Son rejet, peut-être, mais pas son mépris.

— Vous pensez qu'elle aussi vous en a voulu ?

— Sûrement. J'ai tout foutu en l'air. J'ai un sale caractère. Je ne suis pas fait pour vivre auprès des hommes. Et puis, Simone ne voulait pas que je voie les filles. Elle a vraiment mis un mur entre nous. Je n'ai pas eu la chance de me racheter… Il était trop tard… Le mal était fait.

— Vous avez essayé de revoir Laurence ?

— Oui, une fois. Avant qu'elle parte à Los Angeles.

— Et puis ?

— Ça s'est mal terminé. Elle m'a rendu responsable de tout. De la séparation. De la dépression de sa mère. Je n'étais qu'un bon à rien.

— Vous avez encore des contacts avec Chloé ?

— Oui. Assez souvent. C'est elle qui me donne des nouvelles. J'aime beaucoup Chloé. Beaucoup. Elle ne me juge pas. C'est ma préférée.

— Et vos petites-filles ?

— Je les adore. Ce sont mes anges. Chaque fois que je les vois, j'ai l'impression de me racheter un peu.

Nous avons survolé sa vie, à haute altitude. De son arrivée au Québec, après les Olympiques de 76, jeune Bordelais de 20 ans en quête d'aventures sur le nouveau continent, à sa rencontre avec Simone, leur vie commune, les filles, la séparation. Il a parlé à cœur ouvert jusqu'au moment où il m'a posé cette question que je n'attendais plus, précipitant le dénouement de notre entretien, sans que j'en sache tellement plus sur sa fille cadette qu'au moment de poser le pied dans cette roulotte.

— Vous m'avez dit en entrant que Laurence avait quelque chose à me dire. C'est quoi ?

J'étais pris au dépourvu. J'avais lancé cette réplique sans y penser, pour piquer sa curiosité et entamer sa défense.

— C'est à elle de le dire, vous ne croyez pas ? Je ne suis que l'entremetteur.

— Je ne vous crois pas. Elle n'a rien à me dire. Elle ne veut plus me parler. On ne s'est pas adressé la parole depuis quinze ans. Aux funérailles de sa mère, elle ne m'a même pas regardé. Et vous, le biographe, vous auriez réussi à lui faire changer d'avis ? Vous êtes un menteur.

— Non. Laurence veut vraiment se rapprocher, je l'ai bien senti. Seulement, elle ne sait plus comment. Elle n'ose pas faire les premiers pas. Elle est orgueilleuse…

— Moi aussi, j'ai mon orgueil. Je ne courrai pas après elle. Elle a monté Chloé contre moi, sa mère aussi, ses grands-parents. Tout le monde s'est mis sur mon dos.

— Tout ce que je vous dis, c'est qu'elle est prête à…

— Comment je pourrais vous croire ? Vous, les journalistes, vous inventez toujours des histoires pour arriver à vos fins. Maintenant, je vais vous demander de partir, j'ai des choses à faire.

— Merci de votre accueil. C'est vraiment gentil d'avoir accepté de me recevoir.

— Je ne vous ai pas reçu, vous avez forcé ma porte. Bon, j'ai assez perdu de temps avec vous. Vous connaissez le chemin.

Je bats en retraite.

On peut entendre ma queue claquer entre mes jambes.

Je m'évanouis dans la nature.

Au moins, je me dis que j'ai assez de matière pour traficoter un bon chapitre. L'état des lieux, le caractère inquiétant du bonhomme, je ne pars pas les mains vides. Maintenant, je comprends mieux pourquoi Laurence a rompu les liens.

21.

Mon ami François se désespère de me voir célibataire. Il essaie par tous les moyens de m'accoupler. La mission qu'il s'est donnée, sans vraiment me consulter, confine à l'obsession. C'est à se demander si ce n'est pas lui, le bon père de famille ayant remisé depuis longtemps ses armes de séduction, qui, au fond, frétille à l'idée de revivre à travers moi les affolements d'un amour naissant.

Il ne peut pas croire, prétend-il, que je vais finir mes jours en solo, caricature de vieux garçon, amer et desséché. Ça m'amuse de le voir se donner autant de mal. Il ne se passe pas un mois sans qu'il me parle d'une récente découverte. Son optimisme est beau à voir. Il est toujours convaincu que cette fois-ci, c'est la bonne.

Jusqu'ici, les trois rencontres qu'il a orchestrées se sont soldées par des échecs retentissants. Mais François a la ténacité d'un chien de traîneau ; il ne désespère pas de me trouver « un bon parti », accompagnant l'expression d'un clin d'œil complice.

Ce soir, il a organisé chez lui un repas pour me présenter une amie de sa femme, une collègue.

— Tu vas voir, elle est pétillante comme tout.

— C'est la Veuve Clicquot ?

— Arrête ! Elle s'appelle Gloria, est d'origine espagnole. Je suis sûr que ça va cliquer.

— Clicquot, cliquer… Et qu'est-ce qu'elle fait dans la vie ?

— Elle travaille dans le même bureau que Nath. Elle est comptable.

— Une comptable espagnole !?

— Eh oui, faut de tout pour faire un monde.

François a maquillé cette *blind date* en soirée retrouvailles, rapatriant autour de la table quelques collègues du journal dont je n'aurais pas cherché la présence autrement. Cette incivilité me désespère de moi-même. Je devrais me réjouir de les revoir, de prendre des nouvelles, ce n'est pas le cas. Cette bio prend toute la place. Elle m'obsède. Elle m'inonde tellement l'esprit que je me désintéresse de tout ce qui ne la concerne pas. Je n'ai pas de place pour les autres en ce moment, Gloria, la première.

Avant de me présenter à la soirée, j'enfile plusieurs verres de sauvignon à la maison. Je me douche, me rase, me désodorise, m'habille proprement, chemise de lin, pantalon chino et baskets. J'ai maintenant l'air d'un homme propre, imbibé et en retard.

Dès que je sonne à la porte, François se précipite pour ouvrir, trop excité de me glisser à l'oreille qu'elle est déjà arrivée. Je n'ai pas le temps de m'essuyer les pieds sur le paillasson qu'il m'entraîne dans la cuisine où s'affairent Nathalie, sa femme, et Gloria.

— Philippe, je te présente Gloria. Gloria, Philippe.

— Enchanté, Gloria.

— Bonjour, Philippe.

Je m'approche, tends une main qu'elle accepte, l'embrasse sur les joues, en serrant les lèvres assez fort pour qu'elle ne sente pas les vapeurs d'alcool qui m'embaument les entrailles. Elle sourit. Je souris aussi. Tout le monde sourit. Personne ne semble savoir quoi dire, moi le premier.

— Bon, bien, on va aller voir ce qu'on raconte de bon dans le salon, dit François, coupant court à ce flottement embarrassant.

Mes collègues sont déjà là. Il y a Lydia, chroniqueuse économique de collection, capable de décortiquer un budget gouvernemental aussi vite qu'on déplume un poulet, mais dont le plus grand rêve est de jouer de la guitare électrique en regardant pousser ses tomates. Samir, un collègue de François aux sports, préférerait de son côté tenir la chronique gastronomique que de couvrir les matchs de joueurs de hockey professionnels incultes et imbus d'eux-mêmes ; et finalement, ma préférée, Marilyn, journaliste culturelle, oiseau de nuit et éternelle groupie, qui se vante d'avoir couché avec Sting, ne se lasse pas de nager au milieu du strass et des paillettes.

Les échanges sont vifs et nombreux. On ne pourra jamais reprocher à un journaliste de ne pas avoir de conversation. Ceux qui n'en ont pas n'en méritent pas le titre.

Lydia est la première à me saluer.

— Philippe ! Ça fait un bail. C'est le fun de te voir.

— Hey, le biographe. Comment tu vas ? enchaîne Samir. T'as pas changé. Toujours aussi beau garçon.

Ils semblent contents de me voir. Ils se regroupent en demi-cercle autour de moi. Je suis un singe que l'on prend plaisir à observer. Mal à l'aise, je n'arrive pas à placer un mot, tout va trop vite autour de moi. Je voudrais être ailleurs. Nathalie me tend un verre de scotch, même si je n'ai rien demandé. Elle me connaît. Je l'avale en deux gorgées. Je suis plus saoul que je ne l'étais. Je pense aux chapitres que je dois livrer dans les prochains jours, et je panique.

Gloria passe les canapés.

— Aimes-tu le saumon fumé, Philippe?

— Oui, beaucoup, j'pense que j'étais une câpre dans une autre vie.

Elle rit en continuant son chemin. Je ne sais pas si c'est de ma blague ou de moi.

On parle de tout. De rien. Surtout de rien du tout.

Je me force à faire le beau. À être gentil. Pour François. Par politesse. Parce que ce sont des confrères que j'apprécie.

On s'installe à table. Pendant que Samir fait son imitation du coach du Canadien et que tout le monde s'en amuse, je regarde Gloria à la dérobée. Jeune quarantaine. Beaux traits. Cheveux bouclés noirs, yeux charbonneux, poitrine opulente qu'elle sait mettre en valeur. Un corps sans aucun doute confortable le soir, en regardant la télé. Robe rouge à volants. François ne s'est pas trompé: elle est pétillante. Un arbre de Noël. Et toujours ce rire qu'elle imagine séduisant, mais qui me *turn-off* totalement.

L'affaire est entendue.

Je n'ai pas besoin d'elle dans ma vie. Et vice versa.

Les conversations se tamponnent, les rires éclatent. On commente l'actualité. Les bons coups des uns, surtout les bourdes des autres. On potine. On glousse. On caquette. J'ai le sentiment de ne pas faire partie de la même pièce. Je suis ailleurs. Je n'en peux plus.

J'élève le ton pour me faire entendre.

— Puis les amis, vous êtes pas écœurés de vous faire chier comme des rats morts au journal ?

Je n'entends pas les réponses. Je crie.

— VOUS ÊTES MASOS !?

La tête me tourne. Je cale mon verre de vin rouge. J'essaie de me lever. Mes jambes sont molles. Je tombe, me relève, François me prend par le bras pour que je ne m'étale pas de nouveau. J'ai envie de vomir.

Je me traîne jusqu'à la toilette, où je m'exécute.

Je reviens dans la salle à manger, le visage livide et suant. J'ouvre la bouche de peine et de misère.

— Je m'excuse.

Je m'enfuis.

De retour à l'appartement, je m'assois à ma table de travail pour oublier.

J'essaie d'extraire quelques gouttes de mon ordi.

En vain.

Il n'y a plus rien à tirer de cette soirée.

22.

André Lazaridès est fou de cinéma. Dans son cas, ce n'est pas exagéré de parler de passion. Ce professeur a tout vu, tout entendu, tout compris du septième art. Ses étudiants l'adorent. Au-delà de sa culture phénoménale, c'est sa capacité à transmettre son amour du cinéma à des étudiants à peine sortis de l'adolescence qui force l'admiration et lui gagne une légion d'admirateurs.

Quand Laurence aboutit dans sa classe, elle ne connaît rien ou presque du septième art. Sous sa férule, elle dévorera ce que le cinéma a de plus merveilleux à offrir. Avec lui, elle acquiert un formidable bagage cinématographique.

André Lazaridès se souvient très bien de la jeune Charier, réservée, mais volontaire et ambitieuse. « Laurence était une éponge. Elle était curieuse de tout. Vive, intelligente. Et quelle beauté ! Une beauté rare. De celles qui aimantent. »

S'il faut choisir un film en particulier qui mettra le feu aux poudres, un film-déclic à l'origine de la passion de Laurence pour le cinéma, ce serait Underground d'Emir Kusturica, où elle découvre coup sur coup la folle démesure d'un cinéaste et la culture d'un peuple. La scène du bombardement du zoo de Belgrade où des animaux sauvages, tigres, zèbres et antilopes, errent dans une ville à feu et à sang, la marque profondément, elle qui est déjà sensible au sort des animaux.

Ensuite, ce sera *Trois couleurs: Bleu, Blanc, Rouge* du polonais Kieślowski. Une autre illumination. *Les amants du Pont-Neuf.* Le cinéma américain aussi. Tim Burton. *Magnolia* de Paul Thomas Anderson. Elle admire les actrices à la fois intérieures et téméraires, qui savent prendre des risques, comme Nicole Kidman dans *Dogville*, ou Cate Blanchett dans *Babel*, d'Iñárritu.

Pour elle, c'est la révélation. Le cinéma ne se résume pas à ces petites comédies sentimentales que ses amies et elle regardaient jusque tard dans la nuit en couinant de plaisir. Ou à ces films d'horreur qui les faisaient hurler de peur et se cacher sous les couvertures.

Le cinéma lui apprend que le monde est vaste. Que l'univers ne s'arrête pas aux frontières de Sainte-Agathe-des-Monts. Qu'il existe des cinémas nationaux, porteurs de valeurs et d'une esthétique particulière. Que la culture est un bagage fabuleux qui nous suit pour toujours et nous ouvre d'innombrables portes.

Laurence a souvent rendu hommage à André Lazaridès. « Il m'a non seulement appris le cinéma, il me l'a fait comprendre. Il me l'a fait aimer profondément. »

Le professeur organise des soirées où il invite de jeunes réalisateurs à des causeries. Autour de lui se forme un groupe dont font partie Laurence, sa sœur Chloé et quelques amis. Dans la communauté estudiantine, on les appelle « La gang à Laza ».

Laurence se souvient de cette époque avec ravissement. « André m'a ouvert les yeux. C'est un éveilleur de conscience, il en existe peu dans son genre. Je lui en serai éternellement reconnaissante. Sans lui, je ne serais pas ce que je suis aujourd'hui. »

J'ai la nostalgie de cette période, au sortir de l'adolescence, où notre soif de découvrir est à la fois intarissable et impuissante à assimiler toutes les beautés du monde. L'urgence de trouver qui on est et ce que l'on veut se manifeste avec une telle entièreté que l'on est prêt à foncer tête première dans des aventures dont nous sommes les seuls à comprendre le sens.

Moi, à cet âge-là, les mains vides, sans autre guide que celui du Routard, j'ai pris la route. Celle de l'ouest. Les Plaines, le désert du nord. Les Rocheuses. Une culture plus rugueuse que celle que je connaissais. Celle des cowboys canadiens. Des cueilleurs de fruits de la vallée de l'Okanagan. Des junkies de Downtown Eastside, à Vancouver. Des grunges de Seattle. J'ai cherché une réponse dans tous les paradis que j'ai traversés, les artificiels, les géographiques, les féminins. Incapable de m'arrêter en si bon chemin, je suis descendu au bout du continent, au fond de moi, là où le nord et le sud se répondent, échouant dans des lieux où un être normalement constitué ne met les pieds que s'il y est contraint. J'avais de grandes ambitions. Je me voyais aventurier, flibustier, écrivain vagabond. Beatnik du troisième millénaire.

Je suis devenu étudiant à l'Université du Québec à Montréal.

Quelques années plus tard, André Lazaridès deviendra le mari de Chloé et le père de leurs deux filles.

23.

Tel qu'entendu, j'ai envoyé avant-hier les premiers chapitres à Catherine Steinbeck. Pêle-mêle, sans chronologie apparente, la structure restant à définir. Elle m'a donné rendez-vous sur Skype pour « se mettre au diapason, plus tôt que trop tard », la formule ne faisant rien pour me rassurer. Me voilà dans les culottes courtes d'un écolier anxieux de connaître sa note, et les commentaires la scellant. Peut faire mieux. Bel effort, mais insuffisant. En deçà des attentes.

Je tourne en rond dans l'appartement. À défaut d'avoir un chat que je puisse flatter, j'enfile un verre de blanc après l'autre. C'est doux aussi. Elle avait fixé la rencontre à 16 heures. Elle a du retard. *Fashionably late.* Elle profite du fait qu'elle a tous les droits.

Mon ordi sonne, finalement. Catherine apparaît souriante : je suis tenté de croire qu'elle compte plus de dents que lors de notre première rencontre. Elle semble relaxe, les cheveux détachés, sans maquillage, le teint juste assez satiné de soleil, vêtue d'une robe de plage en toile écrue sous laquelle je devine le haut d'un bikini à petits pois. Elle est chez elle, à l'évidence. À l'arrière-plan, un immense salon d'un blanc immaculé où trône un interminable canapé dans les mêmes teintes. À travers les vitres panoramiques, je peux voir la mer en contrebas. Il y a plus triste.

— Bonjour, Philippe. Comment vas-tu ?

— Très bien. Le temps a l'air meilleur chez vous que chez nous.

— Il fait toujours beau en Californie. Et s'il pleut, suffit de mettre le gars des effets spéciaux sur le cas.

— Ou d'avoir un bon *dealer*.

— En effet. Écoute, Philippe, je n'ai pas beaucoup de temps, tu m'excuseras. J'ai lu ton manuscrit avec beaucoup d'intérêt. C'est bien. Tu sais raconter une histoire.

— Le contraire m'aurait ennuyé… Merci pour les fleurs, j'attends le pot.

Je dois faire attention de ne pas la provoquer. L'alcool est mauvais conseiller. Je me répète intérieurement : je suis là pour écouter, je suis là pour écouter. Elle ne me dira pas que c'est génial du premier coup ; elle me teste, me jauge.

Mousseau m'a mis en garde. Catherine Steinbeck n'est pas femme d'une seule humeur. Sa spécialité ? Souffler le chaud et le froid. On ne sait jamais sur quelle Catherine on va tomber. Tantôt cordiale et candide, tantôt intense et tranchante, elle est un paradoxe ambulant, avec une rate et beaucoup de cervelle. Elle est dépositaire d'un pouvoir troublant, celui de toujours nous garder sur le bout de notre chaise ; reste à attendre la révélation de son état du moment avant de s'ajuster.

— C'est un bon début. L'enfance, la relation avec sa sœur, sa mère dépressive, la révélation du cinéma. C'est bien mené. J'imagine que l'on va bientôt entrer dans le vif du sujet.

— Le vif du sujet ? Je ne suis pas sûr de comprendre.

— Je ne sais pas, moi… Les relations amoureuses. Ses flirts, ses ruptures. Ce qui intéresse les gens, finalement.

Les acteurs qu'elle fréquente. La vie d'une jeune star, à Hollywood. *Spices!*

— J'ai écrit sur sa relation avec Léo, son ex montréalais...

— Oui, mais ça, c'est de l'histoire ancienne, un amour d'adolescence. Puis, personne ne sait qui est ce Léo. On s'en fout un peu de ce garçon. Parle-nous d'aujourd'hui, de noms que l'on connaît.

— D'accord, mais Laurence n'est pas très chaude à l'idée de s'étendre sur sa vie intime. Et à ce que je sache, ce n'est pas un article pour le *National Enquirer* que j'écris.

— Mais pour qui tu penses que tu écris, Philippe? Pour les fans de Jean-Luc Godard? S'il te plaît, ne sois pas élitiste. Ouvre un peu tes horizons. Il n'y a pas de mauvais sujets, il n'y a que de mauvaises façons de les traiter.

— Si je te comprends bien, tu veux plus d'intime. De *gossips*.

— C'est une question d'équilibre. Tu jugeras, Philippe. C'est toi le capitaine du bateau. Mais ça prend quelque chose de croustillant, c'est évident. Des révélations. Des trucs que le public ne connaît pas. Tu sais qu'elle a fréquenté Jacob Taylor pendant quelques mois, et qu'il l'a plaquée pour une mannequin anorexique de 17 ans avec des seins comme des torpilles?

— Elle m'en a vaguement parlé.

— Les magazines en ont fait leurs choux gras, mais Laurence est restée discrète. Même sur les réseaux sociaux. Ce serait le moment de révéler toute l'histoire, non? Fais la peau à cet imbécile.

— C'est une bio, pas un règlement de comptes.

— Attends, j'ai autre chose : elle a été victime des mains baladeuses d'un producteur très en vue d'Hollywood. Il n'a pas encore été mis en accusation, mais ça ne saurait tarder.

— Elle a été violée ?

— Non, agressée, elle a réussi à le repousser, mais ça fait quand même de la bonne matière. Une agression est une agression, point à la ligne.

— Oui, bien sûr, mais tu veux vraiment l'amener sur ce terrain-là ?

— MeToo est un mouvement nécessaire, essentiel, historique, pour déboulonner tous ces roitelets qui se sont octroyé un droit de cuissage sur nos jeunes actrices. Et de joindre le nom de Laurence à cette nouvelle vague féministe, ce serait génial, non ?

— D'accord, mais c'est gros. Si on parle de cette agression, faut enquêter, prouver ce que l'on avance. Tu ne crains pas les poursuites ?

— J'ai les meilleurs avocats de la côte Ouest.

— C'est délicat, quand même, surtout si l'idée de rendre l'histoire publique ne vient pas d'elle.

— Absolument. Mais ça en vaut peut-être la peine.

— C'est une arme à double tranchant, non ?

— Laurence est en pleine ascension. Elle ne peut pas être accusée d'opportunisme, et je lui paierai les meilleures thérapies pour s'en remettre.

— Tu penses que Laurence est prête à le faire ?

— Laisse-moi m'organiser avec elle.

24.

Chloé s'est levée sans rien dire. C'est elle tout craché. On ne sait jamais si elle décolle ou si elle se pose. Rien ne semble prévisible, chez elle.

Une heure plus tôt, elle a sonné à l'appartement. Comment avait-elle obtenu mon adresse ? Mystère. En la voyant à la porte, j'ai figé. Notre dernière rencontre dans son sous-sol m'avait totalement désorienté. J'ai eu peur d'elle, je crois. De son impulsivité. De l'importance abusive qu'elle pourrait prendre si je ne mettais pas mon pied à terre. En même temps, j'avais besoin d'elle. Cette bio ne pourrait s'écrire sans sa voix, ses réflexions, et les précieuses informations dont elle est la gardienne.

Cela dit, il fallait que je la remette à sa place. Le lendemain de notre rencontre, elle m'a envoyé par courriel un fichier de photos, accompagné d'une courte note. « Tu es parti trop vite, Philippe. Voici ce que tu as laissé derrière toi. Si tu as besoin de précisions, n'hésite pas. Je suis toujours là pour Laurence. Au plaisir, Chloé. » J'ai répondu en la remerciant de sa disponibilité. En lui disant que j'avais tout ce qu'il fallait pour compléter la partie familiale de la bio, que j'entamais la période hollywoodienne de la carrière de Laurence, où ses interventions seraient moins nécessaires.

Et la voilà qui se pointait chez moi. Je l'ai invitée à entrer. Avant même qu'elle ne passe au salon, entre la console et le bouddha que j'ai récupérés de mon divorce, elle a récité son acte de contrition.

— Je voulais vraiment m'excuser pour la dernière fois.

— De quoi ?

— De t'avoir montré ce film, c'était enfantin. Je ne sais pas très bien pourquoi j'ai fait ça.

— Pour attirer l'attention ?

— Sans doute.

— Sur toi ?

— Sûrement.

— C'est bien de le reconnaître.

— Je suis désolée.

— Ça va aller. On efface tout et on poursuit.

— Je t'ai apporté le restant des photos. C'était trop lourd à envoyer par courriel. Je peux te les laisser, si tu veux. Je ne veux pas te déranger.

— Non, viens, on va prendre le temps de se parler.

Je lui ai servi un verre. On s'est assis au salon. J'avais un peu honte du désordre dans la maison. On se serait crus dans une chambre d'étudiant. Je ne me souvenais pas de la dernière présence féminine dans mon appartement. À part Émilie, et peut-être deux, trois autres filles qui n'ont fait que passer un soir, un jour.

Après quelques minutes d'une banale conversation sur le nouveau poste bien peinard qu'occupe André dans les hautes sphères de Téléfilm Canada, il y a eu un silence. C'est ce moment de flottement qu'elle a choisi pour se lever et s'approcher de moi. J'étais assis face à elle sur le canapé. Elle s'est plantée à quelques centimètres de mon visage et a relevé lentement sa robe.

— Aimes-tu ma culotte ?

Elle a approché son sexe. Tellement près que je pouvais le sentir. Elle a tourné sur elle-même. Ses fesses sont venues effleurer le bout de mon nez.

— Donne-moi ta main.

Je la lui ai tendue. Elle a entrouvert les jambes et l'a plaquée entre ses cuisses. Son sexe était chaud. Elle a commencé à bouger le bassin, dans un mouvement lent, de l'avant vers l'arrière. J'ai serré doucement la main.

Elle a retiré mon t-shirt, puis entrepris de frotter sa poitrine contre mon torse. Lentement. Je pouvais sentir ses mamelons durcir au contact de ma peau.

Tout à coup, elle a pris ma tête entre ses deux mains. M'a regardé de longues secondes pour me glisser à l'oreille.

— Ne dis rien à Laurence. C'est notre histoire à nous.

25.

Hollywood a accueilli Laurence à bras ouverts. Contrairement à toutes ces actrices qui font le pied de grue dans les studios de casting, à rêver de ce rôle, aussi mineur soit-il, qui leur ouvrira les portes du paradis, la belle de Sainte-Agathe a bénéficié d'un laissez-passer vers la gloire.

Le jour de son arrivée à Los Angeles, une femme de grande taille, chignon relevé bien haut, élégante dans un tailleur parfaitement coupé, l'attend à l'aéroport. C'est Catherine Steinbeck, son agente, son ange gardien, sa nounou, sa future confidente, celle qui veillera sur elle comme sur la prunelle de ses yeux. Catherine sait qu'elle a entre les mains un diamant brut qui, si elle sait en prendre soin, constituera l'héritage de ses enfants et de ses petits-enfants.

« À la minute où je l'ai rencontrée, j'ai su que ça cliquerait entre nous », raconte Catherine Steinbeck, présidente de CMA, Creative Management Agency, l'une des meilleures agences de Los Angeles. Dérogeant à ses habitudes, elle tient à aller la chercher en personne à l'aéroport. L'intuition, le sens des affaires, comment expliquer un tel empressement ? « J'avais vu *Oseras-tu ?* Je l'avais trouvée formidable ! Je lui avais parlé au téléphone à quelques reprises. Par Skype aussi. Je la sentais. Laurence n'est pas une autre belle sans profondeur et sans culture. Ce n'est ni une profiteuse, ni une paresseuse. Elle savait ce qu'elle voulait. Et surtout, ce qu'elle ne voulait pas. Ça tombait bien, moi aussi. »

Quand j'ai voulu l'interviewer, Catherine m'a demandé de lui envoyer au préalable les questions. Et plutôt que de se prêter au jeu de l'entrevue, elle a choisi de répondre par écrit. « Ça fait longtemps que je n'ai pas pris la plume. Ça va me dégourdir. Et puis, en écrivant, je vais être certaine de ne rien oublier… De ne rien regretter. » Ce n'était donc plus suffisant pour elle de décider du contenu de la bio, il fallait maintenant qu'elle participe à sa rédaction.

Je n'ai pu que m'incliner.

Catherine l'invite à monter dans une Mercedes noire, aux vitres teintées. Elle fait jouer de la musique latine en remontant l'autoroute 10 jusqu'à la Cité des Anges. L'atmosphère est à la fête. Elles arrivent à son immeuble de South Arden Blvd. Situé à Central LA, dans le quartier cossu de Hancock, où l'on retrouve plusieurs *mansions* du début du XXe siècle, à deux pas du parc Greater Wilshire et de son golf adjacent, l'appartement n'est pas très grand, mais lumineux et luxueusement aménagé.

En entrant, Laurence remarque l'immense bouquet de roses d'un rouge flamboyant qui trône sur la table du salon. Pour la durée de son séjour dont elle ne connaît pas encore la durée exacte, elle aura à sa disposition une voiture, une femme de ménage et un chauffeur pour la conduire aux studios de la Paramount, qui ne sont qu'à quelques kilomètres plus au nord.

Laurence n'est pas habituée à autant de considération. Mais elle joue le jeu, comme si toute cette révérence était dans l'ordre des choses. Elle ne se montre ni surprise, ni impressionnée. Elle a déjà goûté à ces égards lors des nombreuses tournées de promotion qui ont suivi la sortie d'*Oseras-tu?*

Mais au fond d'elle-même, Laurence sait très bien que toute cette attention est totalement disproportionnée. «Je n'avais pas sauvé des enfants de la famine. Ni trouvé un remède au cancer. Je n'avais que tourné dans un film.» Que ces fleurs, ces repas dans les grands restaurants, ce champagne, que tout ce fla-fla ne veut rien dire, sinon qu'elle est maintenant admise dans le gotha.

Laurence garde les pieds sur Terre, dans le limon de son Sainte-Agathe natal. Elle ne veut pas se laisser enivrer. Son travail se compare à n'importe quel autre travail, ne cesse-t-elle de se répéter. Mais Los Angeles ne connaît pas la modestie. Elle a été construite par des fabricants de mythes, pas des piocheurs du quotidien. Ici, on carbure à la gloire. Et si tu n'as pas d'histoire, on t'en invente une. Ou même plusieurs.

La vie des stars est un roman qui s'étale dans les pages du *People* ou du *National Enquirer.* Laurence le comprendra assez vite. Tu n'existes que si l'on parle de toi. Et si toi-même, tu entretiens ton image sur les réseaux sociaux. Aujourd'hui, nous sommes tous des marques. Des vedettes comme Michael Jordan ou Oprah Winfrey ont pavé la voie.

Je m'interromps, sauvegarde le texte. J'ai un autre contrat à terminer. Je ne suis pas trop inquiet. Catherine va sûrement donner son imprimatur à ce chapitre. Le contraire serait surprenant. C'est elle qui l'a écrit en grande partie.

26.

Je rédige les discours de mon frère. Quand il me l'a demandé, je n'ai pas su refuser. Pas pu. C'est grassement payé. Je suis vénal, et j'avais besoin d'argent.

Pour me ferrer solidement à l'hameçon, il m'a dit : « Tu m'en dois une. » Le pire, c'est que c'était vrai. Il m'a souvent dépanné financièrement, quand j'ai commencé à déconner, quelques années avant le divorce. À l'époque, je n'arrivais pas à la cheville de mon train de vie. Je sortais beaucoup, payais la traite aux copains, gâtais mes copines. En grand seigneur, un rôle qu'il joue à la perfection, Antoine a épongé une bonne partie de mes dettes.

Résultat, me voilà maintenant complice de ses minauderies politiciennes. Je me dégoûte. Je ne partage ni ses croyances, ni ses valeurs. Rien. Pas une miette de ce qu'il dit, de ce qu'il pense. Je recrache sa fumée. Je suis un maillon faible dans la chaîne de l'imposture. Mon frère n'a qu'une idée en tête : se faire réélire. Ses partisans, ses électeurs, les grands enjeux de société, il s'en fout comme de l'an 40. Ce qu'il veut obstinément, c'est redevenir ministre. Le pouvoir est la seule chose qui l'intéresse.

Il n'embrasse pas de cause. Il suce. Et je suce avec lui. Ce n'est pas que j'écrive de vilaines choses. C'est que je n'y crois pas. Pas un traître mot.

Pour y arriver, je sors de moi-même. Quand j'écris, je suis un autre. Je vole au-dessus de mon bureau. Je me vois écrire. Je me pile dessus.

Je me trahis moi-même. Mes convictions. Mes sentiments.

Si au moins je travaillais pour un politicien que je ne connais pas, eh bien non : je suis le nègre de mon frère.

Encore une fois, je me soumets.

Antoine Vallières se réclame de cette nouvelle droite, évoluée en apparence, pragmatique. Il se présente comme un bon père de famille, sensible aux besoins des plus démunis, partisan d'une immigration raisonnée, à la mesure de notre capacité à bien accueillir les étrangers, d'une économie libre, mais égalitairement bienfaitrice. En public, on lui donnerait le Bon Dieu sans confession. En privé, le masque craque. Il traite les étudiants de petits parvenus, les immigrants de sales crottés, et les artistes, d'assistés sociaux.

Son conservatisme me pue au nez.

Il est de cette race que la politique enlaidit.

« Je vous ai entendus. Ce n'est ni le beurre, ni l'argent du beurre que vous voulez. Vous exigez mieux. C'est le propre des citoyens repus et infantilisés d'en exiger davantage. D'ouvrir la bouche et de dire : gavez-nous ! Eh bien moi, si vous m'élisez, c'est plus que le beurre, plus que l'argent du beurre que je vous promets, c'est la vache au complet. Le Parti conservateur est le seul capable de vous entendre, bande de veaux ! Nous ne sommes pas à la merci des loups et des lobbys. Nous sommes des femmes et des hommes libres, et c'est cette liberté que je vous promets. La liberté de choisir, jusqu'au moment de votre mort… »

J'écris n'importe quoi avant d'aller rejoindre mon frère, mon bourreau. En lui tendant les mots sans valeur que je monnaye, je le supplierai de me délivrer.

Je suis son faux frère.

27.

Nous sommes en mai 2016. Le soleil a été inventé pour rendre la côte amalfitaine encore plus irrésistible. Dans le village de Positano où la *vita* n'en finit plus d'être *bella*, Laurence flotte sur un nuage. Tous ses sens sont en éveil. Elle n'a pas assez de ses deux yeux pour tout admirer, pas assez d'une bouche pour goûter aux innombrables merveilles que l'Italie lui sert sur un plateau d'argent. Elle qui ne connaissait du pays que ce que les films et ses lectures lui avaient appris, ce baptême prend des allures de véritable odyssée.

C'est dans ce décor d'une indécente beauté que Laurence rencontre Jacob Taylor. Ils tournent ensemble dans *Strangers*, un drame psychologique où il tient le rôle principal, celui d'un simple vacancier appelé à se faire justice lui-même quand sa compagne disparaît. Laurence, elle, joue une enquêtrice, dépêchée sur les lieux par la police italienne. Cette partition, même si ce n'est pas la plus subtile, la séduit : elle la sort de sa zone de confort. Elle que l'on confine trop souvent aux rôles de belle amoureuse se voit confier ce personnage dans des teintes de noir. Ajoutant à la difficulté, elle doit jouer une Italienne qui parle anglais avec un accent.

Ce qui fait bien rire Jacob, surtout dans les scènes les plus tendues.

Rapidement, la chimie opère. Laurence le trouve amusant, attentionné et finalement, plutôt doué. Il semble pratiquer son métier comme on fait du skate sur la promenade de Venice Beach : avec désinvolture, sans peur du lendemain et des qu'en-dira-t-on. Jacob n'a pas une beauté typique, nez arc-bouté, grands yeux de chien penaud, corps souple et peu musclé, mais l'ensemble a quelque chose de parfaitement harmonieux. En un mot, il lui plaît.

Jacob, lui, tombe rapidement sous le charme de la jeune femme : en plus de la trouver d'une fulgurante beauté, il aime sa classe, sa réserve, sa finesse. Et quelle actrice ! Il a l'impression d'être meilleur quand il joue avec elle.

À cette époque, Jacob forme un couple très médiatisé avec la chanteuse Tatiana. Laurence connaît la réputation du garçon, Catherine Steinbeck l'a mise en garde. Ce garçon est un *serial lover*, un tombeur incapable de s'attacher. Ils n'ont qu'une dizaine de scènes ensemble, cinq petits jours de tournage, mais à chacune de leurs rencontres, la magie opère.

Le téléphone sonne. *Shit!* Ma dentiste. Je décroche. Elle me fixe un rendez-vous pour mon prochain examen. Je déteste me faire jouer dans la bouche par quelqu'un que je ne fréquente qu'une fois l'an. De ce point de vue, je ne suis pas différent d'un autre. Je vais décommander à la dernière minute.

Un soir, Jacob l'invite au restaurant. Le tournage est pratiquement bouclé. Laurence a envie de s'amuser. C'est de son âge après tout. Il commande du champagne, des langoustines, les meilleurs fromages, des cannolis au dessert. Il lui débite à peu près tous les mots qu'il connaît en français, des plus communs, « C'est la vie », aux plus débiles, « Voulez-vous coucher avec moi ?» Il l'amuse. Après le repas, ils marchent dans Positano, puis descendent à la plage, où ils s'assoient face à la Méditerranée. Il commence à lui parler de son enfance. Première surprise, elle le croyait né dans une riche famille de la Nouvelle-Angleterre ou quelque chose d'approchant. Pas le moins du monde. Ce sont tous les deux des stars en pleine ascension, élevés dans de petites communautés d'Amérique, lui, dans un village forestier de l'Oregon, elle, dans un village du Nord québécois. Et les ressemblances ne s'arrêtent pas là. Il est le plus jeune d'une famille de deux enfants aux parents divorcés. Même leurs parcours professionnels se ressemblent : tous les deux sont des acteurs qui jouent de leur charisme pour décrocher des rôles.

Jacob a bien sûr suivi quelques cours de théâtre, à New York, à la réputée Lee Strasberg Theatre and Film Institute. Mais l'école n'est pas faite pour ce rebelle au talent naturel. Son prof le recommande tout de même à un agent californien. Son magnétisme fait le reste. Laurence a l'impression qu'ils se comprennent.

Ils s'embrassent au clair de lune. Et ce qui devait arriver arrive. Elle lui tombe dans les bras. Au petit matin, elle retourne dans sa chambre sur la pointe des pieds, ses escarpins dans les mains.

Le lendemain, les deux amants partent en voiture à la recherche de criques discrètes où se baigner. Ils sont seuls au monde. Le bonheur a le goût du sel et la couleur de la Méditerranée.

Mais nous ne sommes pas au cinéma. Le rideau finit par tomber sur leur belle aventure. C'est le dur retour à la réalité. Jacob partage sa vie avec une autre femme, sa belle d'un jour ne le sait que trop bien.

À Los Angeles, Laurence reprend sa routine. Lecture de scénarios, séances de yoga, engagements militants. Jusqu'au jour où Jacob la relance, elle qui avait rangé dans un coin de sa mémoire cet amour de passage.

Ils se revoient. Le courant passe de nouveau. Plus puissant, plus vif encore. Laurence commence à penser qu'ils sont faits l'un pour l'autre. Il semble amoureux. Elle, de son côté, ne s'en cache plus. La bombe éclate au grand jour quand un site à potins italien publie une photo d'eux en train de s'embrasser dans les vagues de la Méditerranée.

Les journaux se déchaînent. Les titres rivalisent de sensationalisme. « Voici celle qui a volé Jacob à Tatiana ». « Laurence, la croqueuse d'homme ». « Tatiana bafouée ». Pour une fois, elle a le mauvais rôle, celui de la méchante. Elle s'en fout, elle est heureuse.

Jusqu'au jour où, par inadvertance, Laurence tombe sur un texto. Très explicite, envoyé par une jeune mannequin en demande : Carla di Palma. Elle sortira dévastée de cette relation aussi courte qu'intense. La romantique en elle se sent flouée. Elle commençait à s'attacher.

Je m'arrête pour souffler un peu.

Aucun doute, Catherine Steinbeck a parlé à sa protégée. Au début de notre conversation, je sentais Laurence réticente à s'ouvrir.

« Ce gars-là est un *asshole* ! »

Mais c'était pour la forme. Bonne élève à qui sa professeure a demandé de lire sa composition devant la classe, elle s'est décrispée et a même pris un certain plaisir à livrer les détails de cette idylle.

À une condition.

« Je veux que tu dises que cette aventure n'a pas été complètement vaine. »

J'ajoute un paragraphe que j'insère dans le flot de leurs amours passagères. Quelque part entre les retrouvailles à LA et le texto fatidique.

> Le militantisme de Laurence ne s'arrête pas là où commencent ses relations sentimentales. Quitte à prendre des vacances en amoureux, autant les passer à faire le bien autour d'eux. Dans un resort eco-friendly des Maldives, chaque jour, les deux amants aident des tortues à regagner la mer. « J'ai vraiment eu l'impression de servir à quelque chose ! » se rappelle Laurence.

J'achète la paix. Elle ne vaut pas cher.

28.

La nuit ne veut pas de moi.

Je suis un hibou qui fait du temps sup.

Je regarde ma vie s'évanouir à mes pieds.

Je bois comme une cruche. Je me lève à des heures impossibles. J'habite un appartement sale et mal entretenu. Tout m'échappe.

La chute est interminable.

Heureusement, raconter l'histoire des autres me distrait de la solitude insondable dans laquelle je suis plongé. Je m'efface. Je laisse la place. J'épouse mon sujet. « Laurence, voulez-vous prendre pour époux, Philippe, ici présent ? »

J'ai le sentiment d'emprunter l'oxygène des autres pour respirer. Je vis par procuration, ne suis guère mieux que les lecteurs de mes bios. Ma vie n'a aucune importance. Aucun poids. Je me dilue dans celle de mes sujets. Je suis vide. Une valise sans fond.

Je compte pour qui ? La réponse me terrorise.

Cette bio n'a ni queue ni tête. Encore moins de corps. Je manipule une marionnette désarticulée. Vais-je me rendre au bout ? Je commence à en douter.

Ce n'est pas que je n'aime pas la matière.

Non, c'est moi. Je m'échine à faire le ménage dans mes idées, à rattacher les fils, à concilier les demandes des uns et des autres.

Je me mens continuellement.

J'avais rendez-vous avec mon psy ce matin. Il n'a pas aimé ce qu'il a entendu. Je lui ai dit que j'avais peur de moi. Que j'éprouvais de la difficulté à me concentrer. Que la ligne droite n'existe plus. Que le tunnel est sans fin. Que j'essaie en vain de distinguer le ciel de la terre. Que je sens mon cœur fondre dans mon corps. Que la solitude me pèse terriblement.

Ça fait beaucoup, je sais.

Il m'a écouté, sans rien dire, imperturbable, pareil à son habitude. Il est l'eau, je suis le feu. J'avançais à visage découvert, la garde baissée. Il ne bougeait toujours pas. Une tombe. Une bombe. S'il savait à quel point il me glace le sang. Sa principale qualité, à mes yeux, c'est de prescrire des médicaments. Et c'est tout ce que je veux, tout ce que je lui demande. Me geler. Mon psychiatre est un vendeur de drogues autorisé, avec une plaque l'officialisant à l'entrée de son bureau. Il a finalement augmenté ma dose. Je suis passé à 20 milligrammes. « De manière préventive », a-t-il pris soin de préciser, comme si les antidépresseurs pouvaient être préventifs. Préventifs de quoi ?

Je me sers un verre de rouge. Les Chiliens, ils savent y faire. Il faudrait bien que j'y aille, un jour. La Terre de Feu, l'extrémité du continent. Entendre hurler le cap Horn. Fêter la fin du monde. Après ce livre. Voilà, j'ai trouvé une motivation pour le terminer.

La biographie de Laurence Stewart sera ma dernière. Mais je me connais : ce ne sera pas la première fois que je dis que c'est la dernière fois. Mon ex prétendait que j'avais inventé l'art de me mentir à moi-même, et conséquemment, aux autres. Que si je me présentais à l'émission de téléréalité *The Biggest Liar,* j'en sortirais fatalement gagnant.

Je suis payé pour écrire la vérité, mais je la défends mal.

Il faut que je trouve le moyen d'avancer. De me faire plaisir. Et si j'écrivais au je ? Je pourrais m'accorder le droit d'être l'auteur que je suis. La manipulation a assez duré. Je dois reprendre la place qui me revient. Écrire ce que j'ai envie de lire, et non plus seulement ce que l'on me demande d'écrire.

Je ne vais pas me taire.

Je ne veux plus que l'on me tue.

29.

Ce soir, c'est elle la plus belle pour aller danser. C'est elle, la Cendrillon du royaume enchanté. Laurence réussit à briller au milieu de cette Voie lactée de stars plus lumineuses les unes que les autres. Sur le tapis rouge qu'elle voudrait sans fin, on ne voit que son visage de pêche, sa coupe garçonne et son corps de liane, prodigieusement drapé dans une robe bustier Dior en tulle de soie blanche, à l'échancré vertigineux lui dévoilant jusqu'à la chute des reins.

Ce soir, elle assume totalement son célibat. Elle a rompu il y a quelques mois avec Jacob Taylor. Aucun compagnon à son bras ou de tante de service pour la frime. Elle n'a besoin de personne pour lui tenir la main. Son indépendance d'esprit n'est plus à faire.

Laurence est là où elle voulait être. À la remise des Oscars qu'elle voyait enfant à la télévision. Elle s'asseyait alors avec sa mère et sa sœur, sans comprendre un traître mot, pour regarder la cérémonie. L'important, c'est qu'elle pouvait se coucher tard ce soir-là.

Sa seule déception ? Que sa maman soit morte avant d'assister à sa consécration. Elle aurait tellement voulu qu'elle la voie parader sur le tapis rouge. Lui dire :

« Tu vois bien, maman, les contes de fées, c'est vrai. Après le coup de minuit, les carrosses ne se transforment pas en citrouilles, et les princesses en pauvres servantes. »

Au sortir de la remise, le tout-Hollywood mange dans sa main. Les plus grandes stars se pressent pour la féliciter. Elle a gagné l'Oscar du meilleur second rôle pour sa prestation dans *The Silence*, un film passé légèrement sous le radar, ce qui rend sa performance encore plus méritoire. Tout le monde salue l'incroyable profondeur de son interprétation. Elle y joue une jeune autiste, une « aspergirl » qui essaie de s'intégrer dans un monde dont elle ne saisit pas tous les codes.

En quelques heures, Laurence Stewart change de statut ; elle passe dans la catégorie des A, les vedettes qui comptent vraiment à Hollywood, celles qui récoltent les plus gros salaires et les contrats publicitaires, ces intouchables qu'on invite dans tous les talk-shows de fin de soirée.

Ce gala, Chloé l'a regardé à la télévision, dans son salon, comme des millions d'autres gens ordinaires, des millions de monsieur et madame Tout-le-Monde. Pourtant, Chloé n'est pas tout le monde. Elle est la sœur de la princesse. C'est elle, la reine.

Mais voilà qu'un nouveau couronnement a eu lieu. Une nouvelle reine est née. Deux reines, un seul royaume, est-ce viable ?

Et Laurence ne l'a pas invitée au sacre. Pendant des semaines, Chloé a attendu l'appel qui n'est jamais venu, jamais. Elle verrait l'intronisation de sa sœur, peut-être le plus beau moment de sa vie, de la même manière que sa voisine, à la télévision, à 4585 kilomètres de distance.

« Cette soirée-là, elle était à moi. Juste à moi et à maman, me dira Laurence, en guise d'explications. Je sais que c'est égoïste, mais c'est ainsi. J'ai fêté avec mon entourage, Catherine, mon agente, ceux et celles qui m'ont aidée concrètement à être là où je suis. C'était professionnel avant tout. »

Mais ce qui a heurté Chloé, plus que de se voir exclue au moment précis où la carrière de sa sœur partait en orbite, c'est d'être oubliée lors des remerciements. Jusqu'à la fin du discours, elle aura espéré. Elle aura attendu en vain une bribe de reconnaissance. Laurence a remercié tout le monde, le réalisateur, sa garde rapprochée, sa mère « partie trop vite, comme une âme fragile » – elle lui a même dédié la statuette –, elle a salué en français le public québécois sans qui rien de tout cela ne serait jamais arrivé. « Il faut reconnaître d'où l'on vient pour savoir où l'on va. » Elle a été parfaite, impériale, un sans-faute que des millions de téléspectateurs ont pu admirer. Mais au sujet de Chloé, pas un mot, rien, que la mesquinerie du silence.

Sans le reconnaître, elle a son amour-propre, tout de même… Chloé en a été blessée. Dans sa chair. Elle a été gommée, rayée de la carte. Il est facile de le deviner : la grande perdante de la soirée, c'est elle. Elle m'a avoué au détour d'une conversation qu'elle regardait à l'occasion le discours de sa sœur et que chaque fois, l'émotion la submergeait.

Le lendemain, le pays en entier salue l'enfant prodige. Laurence sourit à la une de tous les journaux. Son visage illumine les bulletins télévisés. On n'en a que pour elle.

Quand Chloé entre au bureau, on ne lui parle que de Laurence, de combien elle était belle, d'à quel point son discours était émouvant, de la consécration de la petite fille de Sainte-Agathe. On lui dit qu'elle doit être terriblement fière de sa sœur. Elle sourit. Bien sûr qu'elle est fière. Elle accepte toutes les félicitations, les accolades, sans se faire prier. C'est vrai, c'est un peu elle qui a gagné.

Mais au fond d'elle-même, elle bout. La bile lui monte à la bouche. Laurence n'est qu'une sans-cœur de l'avoir oubliée.

Je reçois un courriel de Catherine Steinbeck qui m'offre un billet d'avion pour Los Angeles. « Viens prendre un bon bain de célébrité. » Elle a pris rendez-vous, me précise-t-elle, avec le réalisateur de *The Silence*, Nelson Steen, qui est impatient de me parler de sa vision du rôle oscarisé d'Alice, la jeune autiste, et de sa méthode de travail avec Laurence. Elle attend également la réponse « qui ne saurait tarder » d'un autre réalisateur.

On ne refuse rien à Catherine Steinbeck.

Je confirme.

Mousseau, mon éditeur, en copie sur le courriel, se montre légèrement agacé du poids que prend Steinbeck dans cette histoire. Il finit par donner son assentiment à ce séjour aux frais de la princesse. Ça lui fait un voyage de moins à payer.

Il exige par contre de lire les chapitres en même temps que Catherine. « Ce n'est pas vrai que les Américains vont me dire comment faire mon métier. »

Là aussi, j'acquiesce. Un allié supplémentaire, ce ne sera pas de trop.

30.

Laurence Stewart habite les hauteurs de Malibu, à une heure de route à l'ouest de Los Angeles. Donnant sur la mer, son appartement largement vitré est suspendu entre ciel et terre. La terrasse, décorée d'hibiscus et de cactus géants, est une véritable invitation à saluer le soleil et toutes les beautés que l'astre rend possibles. C'est là qu'elle pratique le yoga, à l'abri des regards indiscrets. Aussi loin que l'œil peut porter, il contemple le bleu de la mer et celui de l'horizon entremêlés.

Ici, à Malibu, il y a plus de célébrités au mètre carré que partout ailleurs sur la planète. Tom Hanks. Lady Gaga, Charlize Theron, Leonardo DiCaprio y achètent leurs courgettes et y font leur jogging, lunettes fumées sur le nez et casquettes enfoncées jusqu'aux oreilles, de façon à passer inaperçus.

Laurence m'invite à entrer. L'appartement est pratiquement vide. Un large canapé, un fauteuil, une table basse, une toile au mur, le strict minimum. C'est vrai que la vue vertigineuse de majesté est amplement suffisante pour meubler le décor. L'escarpement montagneux, les rochers où vient se fracasser l'océan, la nature souveraine, tout respire la paix et la tranquillité.

D'ailleurs, Laurence a choisi ce coin de paradis pour son calme. Loin de la frénésie de Sunset Boulevard, elle aime la proximité de la mer. Malibu est une petite ville par le nombre de ses habitants, moins de 14 000, mais grande par sa superficie. L'agglomération s'étend sur une bande de terre, de sable devrait-on dire, de presque 45 kilomètres courant le long de l'océan Pacifique.

Étrangement, Malibu lui rappelle son Sainte-Agathe natal. La nature, l'immensité du ciel, les courtes montagnes. Mais un Sainte-Agathe plus sec, presque désertique, et sans hiver.

« J'aime bien me promener sur la longue plage de Malibu. Flâner jusqu'au quai, regarder les surfeurs faire leurs acrobaties. Ici, je me ressource. Je revis. »

On s'assoit sur la terrasse de pierres. Je regarde l'horizon, et je ne peux m'empêcher de penser à l'incroyable chemin parcouru par Laurence.

Je connais assez bien Los Angeles. À l'époque où je tenais la chronique cinéma au journal, j'y allais régulièrement, à l'invitation des grands studios, pour couvrir la sortie d'un blockbuster. Mon rôle consistait à faire rouler l'usine à rêves hollywoodiens. Je n'étais pas dupe. Je ressemblais à un ridicule courtisan à la cour du roi du jour.

J'avais alors droit à mes dix minutes chrono avec une actrice célèbre qui vendait sa salade, certaines mieux vinaigrées que d'autres. Je ne m'en plaignais pas. Je passais le week-end à LA toutes dépenses payées ou presque. En échange de quelques heures de travail, j'avais la belle vie. Je me racontais des histoires. Me la jouais.

Et la vie est douce en Californie si on a l'argent pour en profiter. Los Angeles est une ville monstrueuse. Elle peut t'avaler et te recracher comme une chique de gomme. Tu n'es rien à LA quand tu n'es pas quelqu'un. C'est vrai partout, mais là plus qu'ailleurs.

À la fin de la journée, sur le pas de la porte, en me faisant la bise, Laurence me glisse à l'oreille.

— Je sais pour toi et Chloé. Ce n'est pas grave : je ne suis pas jalouse.

Je n'ose pas afficher mon étonnement. Je ne réponds pas. Je n'ai rien à répondre. Qui lui en a parlé ? Catherine ? Impossible, Chloé et elle sont comme chien et chat en ce moment. Ça ne peut être que Chloé. Pourquoi lui en a-t-elle parlé ? Je me sens comme un enfant à qui les grands ont volé la casquette, qu'ils se lancent l'un l'autre sans que je puisse l'attraper.

— Tu es un grand garçon.

— Ça ne change rien au travail que nous faisons ensemble, Laurence.

— Sûrement. Mais, sois prudent : Chloé est une grande manipulatrice.

— J'avais remarqué. Mais c'est elle qui a le plus à perdre.

— Vous allez vous revoir ?

— Je sais pas.

Je reprends la route vers Los Angeles. Encore, les embouteillages. Le ralenti permanent dans une ville vivant à 100 milles à l'heure.

Le soleil couchant me brûle la nuque.

Je suis pris entre deux feux.

31.

En octobre 2015, Laurence revient au pays pour assister à l'enterrement de sa mère. Elle a de la peine, bien sûr, une peine profonde, mais quel soulagement. De voir ou d'entendre sa maman malade, diminuée, laminée par les médicaments lui arrachait chaque fois des larmes, et la jetait dans un état mélancolique durant plusieurs jours. Elle supportait de plus en plus difficilement le spectacle de cette souffrance.

« Je ne croyais pas être aussi bouleversée par la déchéance de ma maman. Moi qui me pensais invulnérable. Ma mère me trottait tout le temps dans la tête. J'avais du mal à me concentrer, à apprendre mes textes. Ça m'empêchait de travailler. Je sentais qu'une partie de moi était en train de s'envoler avec elle. »

La mort de sa mère devient providentielle, en cela qu'elle la libère de ses tourments. Elle peut désormais redevenir ce qu'elle a toujours été : une ambitieuse nonchalamment arrogante.

Laurence ne peut rester longtemps pour les funérailles, quarante-huit heures tout au plus. On l'attend en Hongrie, sur le plateau de *Rebels*. Le tournage a été interrompu pour lui permettre de rendre un dernier hommage à sa mère.

Son passage au Québec a rameuté tout ce que le pays compte de journalistes, chacun réclamant son audience auprès de la star. Mais l'entourage de Laurence a été clair : elle n'accordera aucune entrevue. Les photographes peuvent s'acquitter de leur travail, mais derrière les barrières de protection. Aucun représentant de la presse ne sera admis au cimetière.

Du coup, elle à qui on avait déjà commencé à reprocher l'arrogance, la distance, le statut de star, est devenue carrément inaccessible aux yeux de plusieurs. Les médias sociaux se liguent pour grogner, comme ils savent si bien le faire, profitant de ce que Laurence n'entre pas encore dans la catégorie des intouchables.

La somptueuse église aux deux clochers, bijou architectural de Sainte-Agathe-des-Monts, est remplie de paroissiens qui ne sont là que pour zieuter la star. Dehors, dans la rue Principale, les curieux se pressent par centaines.

Laurence occupe le premier banc aux côtés de sa sœur, de son mari et de leur petite famille. Elna et Katri, les deux filles de Chloé, sont assises à sa gauche et à sa droite. Elle les tient bien collées contre elle. Elle adore ses nièces. Ce sont ses petits anges. Chaque fois qu'elle les retrouve, elle se revoit enfant en compagnie de sa sœur. C'est fou à quel point elles lui ressemblent. Des copies carbone. Physiquement, d'abord, les mêmes cheveux châtains, les mêmes yeux bleus. Psychologiquement aussi. Elna, l'aînée, a le tempérament bouillant et volontaire de sa mère. Katri, elle, c'est une Laurence miniature : toute en délicatesse et en intériorité.

Juste à l'arrière, le grand-père, Lasse, que Laurence n'a pas revu depuis l'AVC qui l'a laissé lourdement handicapé. Il en perd de grands bouts, ne parle à peu près plus. C'est à peine s'il reconnaît sa petite-fille. Alors qu'elle souffre déjà de la disparition de sa mère, le spectacle de cet homme qu'elle a tellement aimé enfant, la seule et unique figure paternelle de la famille à ses yeux, un chêne autrefois si fort, lui fait une peine immense qu'elle ne cherche aucunement à dissimuler. Tout ce qu'elle espère, c'est que son grand-père rejoindra bientôt Nicol, sa femme, morte il y a une dizaine d'années dans un accident de voiture dont il ne se sera jamais remis.

Un peu à l'écart, le père des filles, sorti de sa forêt pour rendre un dernier hommage à son ex-femme, à l'invitation de Chloé, restera silencieux de son arrivée jusqu'à son départ de l'église.

Aujourd'hui, l'actrice ne joue pas. Elle n'est pas passée au maquillage pour qu'on lui rougisse les joues. Ce sont de vraies larmes qui lui brouillent les yeux.

Et les nombreux oncles, tantes, cousins et cousines, venus en renfort de Montréal et de Québec, ne réussiront pas à apaiser sa profonde tristesse.

Dans son homélie, le prêtre vante les qualités de Simone. Sa présence, son dévouement, l'amour de ses filles. Mais Laurence, elle, connaît la vérité. Elle sait à quel point Simone ne fut qu'un fantôme de mère. Simone la diaphane. Simone l'aventurière. Simone la mendiante d'amour, trop souvent disparue dans les profondeurs de la nuit, assez loin pour se perdre et ne plus savoir comment revenir.

Il y aura eu les absences de la divorcée, cherchant l'affection et la reconnaissance dans les bras d'amants de passage, puis celles, totales et plus douloureuses encore, que la maladie mentale a provoquées. Au sommet de ces égarements, la volonté farouche de se réaliser à travers ses filles, visiblement plus solides qu'elle, des années passées à se demander qui elle était, ce qu'elle voulait, à monter à l'assaut du premier homme qui lui témoignait de l'attention.

« Est-ce que la maladie mentale me guette, moi aussi ? » m'a demandé Laurence, attablée au Malibu Farm Pier Cafe, le rendez-vous de la jeunesse dorée des environs. « Je ressemble beaucoup à ma mère. Physiquement, d'abord. Les mêmes yeux, le même corps, les cheveux, la démarche. Psychologiquement aussi. J'ai la fragilité de ma mère, une faille inexplicable, je le sais, je le sens. Cette difficulté de savoir qui je suis vraiment. Heureusement, j'ai le jeu. »

J'ai laissé rouler le magnéto.

« Admettre que sa mère s'est suicidée, c'est difficile. L'avouer aux autres, c'est bien pire. Quelle est ma part de responsabilité dans ce naufrage ? Est-ce que j'aurais pu faire quelque chose ? Tu te sens coupable, au moins de ne pas avoir essayé. Il y a toujours quelque chose que tu aurais pu faire et que tu n'as pas fait.

« Il a fallu qu'un jour, je coupe le cordon avec ma mère. Elle m'étouffait avec. Elle siphonnait mon énergie. Toujours dans ma bulle. Il a fallu que je mette un pays entre nous. Elle m'en a voulu. Ça m'a fait de la peine… Mais elle était en train de m'avaler… C'était elle ou moi…

« Les dernières années, j'ai essayé de me rapprocher. Mais Chloé s'est interposée. Elle avait enfin l'attention de notre mère et n'allait pas se laisser voler ce nouveau statut de préférée qu'elle avait si chèrement acquis.

« Ma mère m'a souvent fait honte. À trop vouloir attirer l'attention. À chercher à séduire à tout prix les hommes. Tous les hommes. C'est difficile d'imaginer sa mère comme un être de chair et de sueur, capable de désirer et de l'être en retour. Ma mère aimait user de ses charmes de façon ostentatoire. La pudeur, elle ne connaissait pas. Le nombre de fois où je l'ai vue défiler à moitié nue dans la maison… Elle faisait tout à l'excès. Quand elle dansait, elle dansait beaucoup. Quand elle buvait, elle buvait beaucoup, quand elle riait, elle riait beaucoup. Pour une enfant, même pour une jeune adulte, cette propension à vouloir exister dans le regard de l'autre a quelque chose d'indécent. J'avais du mal à supporter de la voir en représentation. J'avais envie de me cacher. Au bar, quand elle était serveuse, ses décolletés, son jeans hyper moulant et ses ongles vernis la rendaient tellement vulgaire à mes yeux. J'avais envie de me cacher. Elle n'était plus ma mère.

« Petite, quand elle venait me reconduire en audition, je la voyais tourner autour du caméraman, du directeur de casting ou mieux, du réalisateur, s'il avait le malheur d'être là. Elle essayait de me voler la vedette. C'était pathétique : savoir que tu n'as aucune chance et t'acharner quand même. Aujourd'hui, ça me rend triste. À l'époque, j'aurais pu la tuer. »

Je fais quoi de tout ça ?

32.

L'avion qui me ramène à Montréal est à moitié vide. Je ne sais trop pourquoi. Peut-être va-t-il s'écraser, et personne ne me l'a dit. Ce n'est pas très important. J'avale un comprimé. Je me sens mieux, déjà. Ils sont bien, ces antidépresseurs.

En banque, des heures et des heures d'entrevue avec la plus célèbre des Agathoises, le synopsis précis de son séjour à Hollywood, les restos qu'elle fréquente, ses parcs, ses apparts, ses boutiques, son studio de yoga, sa prof de hatha, un monologue fleuve aussi du réalisateur de *The Silence* me racontant par le détail la métamorphose de l'actrice en autiste. J'ai même eu la chance de rencontrer, grâce au bras long de Catherine Steinbeck, deux acteurs avec qui elle a partagé la vedette dans *Star Light*, son plus récent film.

Je suis repu de Laurence.

Les lumières viennent de s'éteindre. L'ordre nous est intimé de dormir. Je déteste que l'on me dise quoi faire. J'allume mon écran.

Comment dormir en avion ? Existe-t-il un fascicule, du genre de celui des mesures de sécurité, que je comprenne ? Passer la nuit avec deux cents inconnus, ce n'est pas ma définition de l'intimité. Aidez-moi à trouver ce doux état préalable au sommeil.

Je verse une rasade de cognac, acheté à l'aéroport de Los Angeles, dans mon fond de café froid.

Le son des moteurs me vrille les tympans. Je regarde distraitement *Bohemian Rhapsody*, en pensant ce que j'ai toujours pensé, que la réputation de Queen est surfaite. On aurait applaudi ses membres à la cour de Louis XIV, leur grandiloquence et leur chevelure faisant merveille auprès des adorateurs d'oripeaux. Si ce n'était de la flamboyance originelle du chanteur Freddie Mercury, de sa mort emblématique d'une époque maudite, sacralisant du coup l'ensemble de l'œuvre, et de la performance conséquente de son interprète, ce film se résumerait à un biopic lambda à la réalisation sans surprise.

Chloé m'a transféré le courriel que sa sœur lui a envoyé, il y a quelques jours. Elle l'a chapeauté d'un commentaire: « Petit échantillon de cruauté expliquant les travers d'un amour inconditionnel. » Je ne suis pas sûr de comprendre.

Clo,

Il y a des jours comme aujourd'hui où j'aimerais mieux que tu n'existes pas.

À quoi tu joues exactement ? C'est quoi l'idée de coucher avec Philippe ? Tu veux te l'accaparer ? Mettre la main dessus ? Tu cherches à m'atteindre à travers lui ?

Pourquoi faut-il toujours que tu essaies de m'imposer ta loi ?

Ta vie n'est-elle pas assez satisfaisante pour que tu me laisses en paix ?

Ton éternelle jalousie ne te mènera nulle part. Tu te fais du mal.

Tu aurais voulu être actrice. Tu ne l'as pas été. *So what?* Tu ne peux pas m'en vouloir d'être ce que je suis devenue. De l'avoir accompli à ta place.

Tu dis que je suis égocentrique, que je pense juste à moi, et étrangement, tu me bats à ce petit jeu.

Quand maman est morte, j'ai bien senti que tu voulais la remplacer. Prendre sa place dans ma vie. Dans mon cœur. Être une nouvelle mère pour moi. Mais tu n'es pas ma mère, Chloé. Tu ne réussiras jamais à m'aimer autant que maman m'a aimée.

Arrête de me rendre la vie difficile. Arrête de me faire sentir inadéquate. Arrête de vouloir prendre ma place. Ou celle de maman.

ARRÊTE!

Trouve ta voix. Sois toi-même. Une fois dans ta vie.

Ce serait bien que l'on prenne congé l'une de l'autre pendant quelques mois. Qu'on se donne un break.

Get a life.

Ta sœur, Laurence

L'histoire se répète. Une reprise de l'épisode du *sextape*. Pourquoi Chloé cherche-t-elle systématiquement à noircir le portrait de sa sœur? Je n'avais pas à lire ce message. Que m'apprend-il de plus sur la personnalité de Laurence? Qu'elle ne se laissera pas faire? Que les menaces n'ont aucune prise sur elle? Qu'elle en a ras-le-bol de sa sœur envahissante?

À mon avis, ce courriel en révèle davantage sur la nature de Chloé, qui veut sans doute que je la prenne en pitié, que sur celle de sa sœur.

Et puis, qu'est-ce qui me dit qu'elle ne l'a pas falsifié?

33.

Laurence Charier ne s'appelle pas encore Laurence Stewart. Elle n'est qu'une universitaire de 20 ans qui se cherche et promène son mal de vivre dans toutes les soirées branchées de Montréal. Un peu de mannequinat, quelques apparitions dans des films étudiants, pas de quoi raconter à sa mère. Les publicités et la série télé qu'elle a tournées plus jeune sont loin derrière elle. Quand des amis lui rappellent ces apparitions passées, c'est souvent pour s'en moquer.

Tout en s'éveillant au militantisme, elle étudie en psycho, « pour essayer de comprendre quelque chose à l'être humain », puis en histoire de l'art, « pour essayer de retenir ce que l'être humain a produit de plus beau ». Elle prépare même une audition pour l'École nationale de théâtre, mais ne s'y présente pas. « J'étais un peu perdue. Comme une poule sans tête. Je courais dans toutes les directions, Je manquais de confiance en moi. »

Elle a quelques amis dans le milieu du cinéma, parmi lesquels Adèle Ponton, une réalisatrice, qui voit quelque chose en elle. À cette époque, elles sont bonnes amies, fréquentent le même groupe de copains, sortent dans les mêmes bars. Un jour, Adèle lui signale que Hubert

Breitman, un jeune cinéaste, cherche une actrice inconnue pour son premier film.

— Vas-y, c'est ta chance !

— J'ai tellement peur.

— Le pire qu'il puisse arriver, c'est qu'il sache que tu existes.

— Je sais pas...

— Tu risques de le regretter si tu n'y vas pas.

Laurence ne le regrettera pas.

Elle se présente au casting à reculons, la mort dans l'âme, ce qui lui ressemble assez peu. « J'étais convaincue que je ne l'aurais pas. » En plus de traîner ce sentiment défaitiste, elle est malade. Saleté de rhume ! Elle se sent « comme une vieille chaussette sale ». Reste qu'elle a pratiqué la scène jusqu'à s'en décrocher la mâchoire. Celle où l'héroïne apprend que son amant retourne vivre avec son ex. Elle ne veut pas la jouer de la façon que Breitman l'a imaginée. Lui la voit exploser, cracher sa haine au visage de son amoureux. Elle l'imagine plutôt en rage contenue, avalant sa peine jusqu'à en perdre le souffle.

Laurence joue son va-tout. Elle entre dans la salle d'audition, s'assoit face à la caméra et reste muette, pareille au personnage devant son amant. Elle est déjà Lili.

— Pourquoi es-tu ici aujourd'hui ? lui demande Hubert, pour la provoquer.

— Pour recommencer ma vie.

Elle décroche le rôle. Hubert Breitman dira : « C'était elle. Laurence m'aura fait découvrir la vraie Lili, celle que je n'avais pas imaginée. Celle que Laurence portait en elle. »

Résultat : *Oseras-tu ?* fait chavirer le pays en entier. Hommes, femmes, jeunes, vieux, urbains, ruraux, tout le monde tombe sous le charme. C'est rare, cette communion totale entre un film d'auteur et un large public.

La suite appartient à l'histoire. Pour la jeune actrice, ce n'est qu'une succession de moments glorieux, de secousses sismiques dont, pour l'instant, personne ne réussit à mesurer les répercussions, ni à imaginer la fin. Partie pour la gloire. Dans le cas de Laurence, on ne saurait si bien dire.

Seule ombre au tableau : l'épisode où Laurence a changé de nom, après son arrivée aux États-Unis, cédant aux pressions du milieu et de ses agents.

La moitié du pays s'est indignée. On a crié au colonialisme, à la trahison. L'autre moitié l'a comprise, avec un léger pincement au cœur. Laurence a dû s'expliquer une première fois pour faire taire les tribuns. « Les Américains sont incapables de prononcer mon nom, Charier. Quand tu es une personnalité publique, c'est un problème. Yves Montand ne s'appelait pas Yves Montand. Pas plus que Marilyn Monroe ne s'appelait Marilyn Monroe. » Elle prend la parole une deuxième fois pour reconfirmer son amour du Québec, renouveler sa fidélité envers ce pays incertain et susceptible comme tous les petits pays. « Je n'ai pas changé de nom par honte de mes origines. Au contraire, j'ai choisi le nom de famille de ma grand-mère Nicol. Une Écossaise d'origine. »

Sa famille l'a soutenue, timidement. Seule sa mère l'a défendue bec et ongles. « C'est son nom. Il lui

appartient. Elle a le droit de faire ce qu'elle veut avec. »
C'était aussi pour elle une douce revanche de voir rayé le nom de son ex-compagnon, Bernard Charier.

Changer de nom… L'idée m'a déjà effleuré l'esprit. Vallières n'évoque rien de positif pour moi. Mais j'ai renoncé. Changer de patronyme, n'est-ce pas la façon la plus paresseuse de se donner l'impression de remixer sa vie ? Le changement n'est que cosmétique, le fond reste le même. On peut troquer sa chemise pour un polo, le corps ne change pas d'un poil. Il continue de raconter, au creux de ses plis comme à l'apogée de ses courbes, l'histoire que l'on voudrait cacher.

J'ai faim. Et quand j'ai faim, l'écriture, les conversations, les corvées, tout devient secondaire. La machine s'arrête, incapable de fonctionner tant qu'elle n'est pas nourrie.

Le frigo est aussi vide que mon estomac. Pour satisfaire mon appétit, un bagel et un contenant de fromage à la crème que j'ouvre. Il est constellé de minuscules taches verdâtres. J'ai soudain une irrépressible envie de vomir.

Je m'empare d'une bouteille de sauvignon dont je finis le fond au goulot.

Mon sucre. Ma dope.

J'ai déjà moins faim. Encore plus soif.

34.

Samedi, 8 heures. La tête dans le brouillard, je ramasse pêle-mêle les morceaux de mon corps. Une éclaboussure de cerveau ici, un bout de bras, juste là. L'alcool a de nouveau accompli son travail de sape. Dans la tour de contrôle, personne, qu'un paquet de voyants lumineux clignotant de façon anarchique. Les avions qu'elle devait aiguiller sont cloués au sol.

Je suis presque nu.

Je regarde les reflets du soleil danser à la surface de l'eau.

Les cris des enfants se réverbèrent sur les murs de tuiles et me vrillent la boîte crânienne. La piscine est une caisse de résonance où le moindre son est amplifié. Un simple clapotis devient une vague. Un rire innocent, un tumulte.

Je n'arrive pas à me jeter à l'eau. Je m'assois sur une chaise de plastique orange qui semble m'attendre le long du mur. Je regarde les nageurs sillonner leur couloir, méthodiquement, à la file indienne.

Je reconnais le vieil homme, celui qui m'a souri la dernière fois que je suis venu.

Il s'arrête au bord de la piscine, redresse ses lunettes et se secoue la tête, à gauche, puis à droite, de sorte à retirer l'eau de ses oreilles. Il salue de la main le sauveteur, qui lui sourit en retour. Il a l'air d'un homme en paix avec lui-même et ses semblables.

Il monte lentement l'échelle, au ralenti, une marche à la fois, en dépliant avec difficulté son corps rouillé.

Tout lui semblait plus facile avant de revenir sur la terre ferme.

Dans l'eau, l'âge se dissout. Tu es un enfant, un ado, un dauphin, un hippocampe. Tu te joues des limites que ton corps t'impose.

Je lui souhaite de mourir dans l'eau.

Il s'approche de moi. Remonte presque au nombril son maillot trop grand. Enlève son casque de bain. En gardant ce sourire destiné aux chanceux qui croisent son regard.

— Bonjour, Philippe.

— Bonjour. On se connaît ?

— Peut-être. Sinon, on va apprendre à le faire.

— Comment connaissez-vous mon nom ?

— Le nom, c'est ce qu'il y a de plus facile à savoir. C'est après que ça se complique.

— Et moi, je peux savoir votre nom…

— Yannis.

— Bonjour, Yannis. Vous êtes grec ?

— Un dieu grec, oui.

Il poursuit son chemin, trottinant comme un enfant heureux. Il fredonne un air que je ne reconnais pas.

Je plonge. Je m'enfonce dans le silence. Les profondeurs m'aspirent. Je me concentre sur ma respiration. Respirer, c'est tout ce qui importe. Inspirer. Expirer. Droite, droite. Gauche. Gauche. Droite, droite. Gauche, gauche. J'effectue mon virage. Je glisse.

Plus rien ne me retient sur terre.

Je suis sous la douche. Yannis s'approche de moi, sans que je le voie, et me met la main sur l'épaule. Je sursaute.

— Pardon, je ne voulais pas te faire peur.

— Je n'ai pas eu peur, j'ai juste été surpris.

— Je voulais te souhaiter une bonne journée.

— Merci, monsieur Yannis. Vous aussi.

— On se voit bientôt ?

— Oui, bientôt.

— Il faut revenir. C'est important, l'eau. Elle redonne vie à ceux qui croyaient l'avoir perdue.

35.

Le matin, Laurence a rarement faim. Elle grignote comme une souris. Un muffin, qu'elle abandonne à moitié mangé dans son assiette. Un gruau de chia, sucré à la purée de mangue fraîche, le fruit qu'elle préfère. Et c'est tout.

Même sa douche, et le grand verre d'eau obligatoire, ne suffisent pas à la réveiller. Il lui faut « son » café. Un café au lait d'avoine qu'elle boit dans un bol offert par sa mère et qu'elle garde précieusement. Avant son café, elle est incapable de réfléchir. Son bol au creux des mains, elle peut rester assise de longues minutes à contempler l'horizon. Elle erre à l'orée du sommeil, sans en être complètement sortie.

J'écris ces lignes en bâillant. En quoi la description du petit-déjeuner de Laurence a-t-elle de l'intérêt ? Cette fascination malsaine que l'on entretient pour la vie privée des gens célèbres, et à laquelle je participe, m'aimante et me repousse à la fois.

Le point de non-retour est atteint : le showbiz est un serpent qui se mord la queue. Une vedette en interviewe une autre qui, elle-même, parle de ses relations avec d'autres vedettes. Le comble de la complaisance incestueuse.

Qui gagnera cette course à l'insignifiance ?
Je suis en bonne position.

Laurence porte son café à sa bouche. Un double espresso bien tassé. Le week-end s'annonce agréable. Elle est invitée demain soir à la soirée-bénéfice donnée par la Paramount afin de recueillir des fonds pour la protection des océans. Elle a la conviction qu'elle doit se servir de sa notoriété pour faire avancer des causes qu'elle juge nécessaires. Et prêcher par l'exemple.

Comme disent les Américains, « *she walks the talk* ». Ce qu'elle défend, elle le pratique. Elle entend vivre sa vie de star décemment. Chacun de ses voyages en avion se traduit en actions concrètes pour compenser ses émissions de gaz à effet de serre : achat d'arbres ou multiplication de ruches. Des maisons monstrueuses, partout sur la planète, très peu pour elle. Des voitures plein le garage, encore moins. Son argent, elle tient à l'investir dans de nobles causes.

Sous des dehors de jeune fille sage bouillonne une insoumise. Mettez sur son chemin une forêt saccagée, un élevage clandestin de chiens, des baleiniers japonais, et la militante en elle se réveille et rugit.

Laurence aurait pu devenir activiste à temps plein. Lors du Printemps érable, juste avant son départ pour la Californie, elle était de toutes les manifestations, arborant fièrement le carré rouge. « Je l'ai toujours. Et je le porte aussi en moi. » Convaincue et entière, elle flirte à l'époque avec les groupes d'intervention directe. C'est dans l'action qu'elle se réalise vraiment. Elle veut faire bouger les choses.

Devenue végétalienne dès le début de la vingtaine, elle embrasse aujourd'hui les causes qui lui sont chères : la protection des animaux et des espèces menacées d'abord et avant tout, et la lutte contre le réchauffement climatique.

« On ne peut pas rester les bras croisés devant le spectacle d'une Terre à la dérive. Il y a des gestes qu'il faut poser, d'autres qu'il faut dénoncer. Tous ces grands pollueurs doivent payer le prix de leurs saloperies. Pollueurs, payeurs ! »

Devenue l'une des porte-parole du World Wildlife Fund, toujours à l'affût d'influenceurs célèbres, qui l'a approchée, elle essaie de modeler son mode de vie à ses valeurs. Elle multiplie les interventions sur Twitter.

Tous ces saints à qui la vie sur Terre peut s'en remettre pour la sauver du désastre, résolus à se sacrifier pour des causes plus grandes qu'eux, tous ces anges sanctifiés à la morale sentencieuse, bercés d'idéaux et assoiffés de justice, m'épuisent.

Moi, je n'ai aucune noblesse. Je n'ai ni le courage, ni l'énergie pour lutter contre des problèmes qui me dépassent. J'ai l'indignation à plat. Je n'ai d'autres intérêts que les miens à défendre, et n'y arrive même pas.

Si la Terre ne comptait que des lâches comme moi, il vaudrait mieux fermer boutique, rentrer à la maison et faire défiler sur Instagram des photos de banquises qui se détachent, de mers qui débordent et de plaines asséchées.

Laurence prend son statut de vedette très au sérieux. Son statut, sa tribune, elle veut qu'ils servent à bon escient, que sa célébrité puisse faire bouger les choses. « J'ai une responsabilité. »

Bien sûr que ses agents la mettent en garde. On a déjà vu des acteurs se brûler les ailes à voler sans cesse à la défense de la veuve et de l'orphelin. Que ces nantis se taisent, pensent plusieurs. Ils ne s'impliquent que pour faire mousser leur carrière. Leur militantisme est intéressé.

Laurence n'en a « rien à foutre » de ses détracteurs qui prônent au fond le statu quo. Elle est d'une sincérité à faire pleurer quand elle parle de l'extinction possible des baleines noires. Elle veut pouvoir faire sa part.

Mon téléphone sonne. C'est Émilie. Je réponds sur-le-champ.

— Comment ça va, p'pa?

— Bien. Toi?

— Super. Écoute… il y a quelque chose que je voulais te dire depuis quelques semaines…

— Tout va bien, j'espère?

— Oui, oui… C'est parce que… j'ai un amoureux.

— Un amoureux… Wow! Bravo! J'suis content pour toi.

— J'suis vraiment heureuse.

— Il s'appelle comment?

— Willy. William, en fait.

— Tu l'as rencontré à l'université?

— Non, au Centre jeunesse où je fais mon stage. Il est éducateur. Lui aussi a vécu dans la rue. Il est super, tu vas voir. J'aimerais ça que tu le rencontres. C'est sérieux…

— Bien sûr. Quand est-ce que tu veux faire ça?

— J'sais pas… Peux-tu demain ?

— Pour dîner ?

— Non. Prépare rien de spécial. On va passer en fin d'après-midi. Prendre un café.

Nous sommes assis tous les trois dans le salon, cantonnés sur nos planètes respectives, chacun attendant quelque chose, n'importe quoi, une embellie, une apparition, un miracle, qui ne viendra pas. Le malaise va grandissant. Ce n'est pas le premier petit ami qu'Émilie me présente. Par contre, c'est la première fois qu'elle m'en présente un de dix ans son aîné. C'est beaucoup. Émilie n'a que 18 ans. C'est encore une enfant, à mes yeux. Sans doute parce que je ne l'ai pas vue grandir depuis le divorce.

Je regarde Willy, tête rasée, visage déplaisant, bras de déménageur, tatouages gothiques, posture de cowboy, et je n'ose pas imaginer que cet individu pose les mains sur ma fille. Tout les oppose. Même leurs corps me semblent incompatibles. Il est massif, elle délicate. Il est trapu, elle longiligne.

Émilie essaie de me le vendre de façon maladroite.

— Tu sais que Willy fait du karaté ?

— Bien… Quelle ceinture ?

— Noire.

— Quel dan ?

— Il n'a…

— Tu peux peut-être laisser Willy répondre.

— J'ai pas de dan. J'travaille là-dessus.

Je ne suis pas de son monde. Il ne sera jamais du mien.

C'est un brigand. Déterminé à dérober l'innocence de ma fille.

— Merci, papa. Je suis tellement contente que vous vous soyez rencontrés. J'espère que tu l'aimes ?

Si je l'aime ? Je ne peux pas te dire à quel point je le déteste. Il est en train de me voler la chose la plus importante dans ma vie.

— Le principal, ce n'est pas que je l'aime. C'est que tu sois heureuse.

36.

Mon frère Antoine est arrivé chez moi en hurlant. Il avait l'air d'un fou furieux, ce qu'il était à l'évidence. Dans un geste théâtral, il m'a balancé au visage les feuilles du discours livré douze heures plus tôt et qu'il devait prononcer ce soir à la Chambre de commerce.

— T'as rien compris.

— Qu'est-ce que j'ai pas compris ?

Le texte était couvert de ratures. Il avait tout chamboulé, tout réécrit. Tout charcuté. Un massacre au Bic rouge.

— Tu me fais passer pour un extrémiste de droite.

— Mais c'est ce que tu es.

— Tu n'es pas payé pour dire ce que tu penses, Philippe.

En un éclair, il a fait remonter à la surface une montagne de mauvais souvenirs, me rappelant ces déchets, merdes de chien, papiers souillés, plastiques difformes, que l'on retrouve à la fonte des neiges. Je me suis souvenu de nos jeux d'enfant où, abusant de son statut d'aîné, il réécrivait les règles à son avantage. Ou pire, s'autoproclamait gagnant avant que la partie ne soit terminée.

Des fois, j'avais tellement envie de le tuer. Desserrer les freins de sa bicyclette. Le pousser devant un autobus.

Mieux, le rendre handicapé. Lui crever un œil en jouant aux fléchettes. Laisser traîner une petite voiture sur la plus haute marche de l'escalier descendant au sous-sol. Devenir le seul garçon de la maison.

Je n'ai jamais guéri de lui. Le ressentiment est un virus qui tue à petit feu, rien de fulgurant comme le curare, non, c'est plutôt un poison que l'on s'administre soi-même avec délicatesse, goutte à goutte, incapable de t'achever, mais assez toxique pour te pourrir l'existence.

Pour s'en laver, la vengeance que l'on pourrait imaginer réparatrice n'est qu'un leurre ; elle est capable de provoquer des gestes pires que le crime qui l'a inspirée, parce que gonflés de sentiments plus noirs encore, l'orgueil, la colère, la honte, pavant la voie, dans les cas extrêmes, à une violence aveugle et irréparable.

Je rumine ces sombres souvenirs, m'en délecte, m'y complais : c'est une viande qu'on tourne et retourne sur le gril pour que la cuisson soit impeccable.

Je lui en veux de tellement de choses. La première, et la plus fondamentale, je crois, parce qu'elle explique toutes les autres, c'est de m'avoir volé mon père. Je lui en ai voulu de s'être élevé entre moi et lui, d'avoir fait écran. Il a multiplié les manœuvres pour détourner son attention, et mon père, étourdi par ses supplications et insensible à mes besoins, a traversé la vie sans me voir.

J'étais le fils de trop et le suis resté.

La rancœur s'érode avec le temps. Elle s'estompe, jusqu'à perdre sa couleur d'origine, se muant en douleur fantôme, presque anecdotique tant on la croit inoffensive, comme une bombe dont on aurait neutralisé la minuterie.

Pourtant, la charge explosive est toujours là. Il suffit d'une étincelle pour qu'elle vous explose au visage.

Voilà bien le problème avec la rancune. Elle ne disparaît jamais vraiment. Elle s'atténue, se dissipe, jusqu'à donner l'impression d'être disparue, submergée par des sentiments plus heureux ou plus malheureux encore, qui lui disputent la première place dans la hiérarchie de nos blessures.

Le souvenir reste douloureux, se moquant du temps qui passe. Sur le coup, le geste, la parole, les deux parfois, font mal. Ils laissent des traces, comme la petite cicatrice au-dessus du nez que je me suis faite en tombant sur la table basse du salon quand j'avais deux ans. Elle est encore là aujourd'hui. Je ne la vois plus, personne ne la remarque, la douleur s'est dissipée, mais elle est toujours là. Elle sera toujours là.

Et l'on continue de se poser la question ? Pourquoi ? Pourquoi moi ? Pourquoi je n'ai rien fait ? Pourquoi pourquoi ?

Parce que des fois, c'est difficile de voir venir. La douleur que l'on t'inflige peut être involontaire. On se croit armé pour y faire face, pour l'éviter, la contourner, la digérer, et puis non, ce n'est pas possible, elle a touché quelque chose en toi, quelque chose de fragile comme de la peau de bébé. C'est ce qu'on appelle un point sensible.

Cette journée-là, tu n'allais pas. Tu te sentais vulnérable. Un autre jour, tu n'y aurais vu qu'une simple remarque, malhabile bien sûr, mais sans conséquence.

Est-ce que des gens m'en veulent ? Est-ce que certains éprouvent de la rancœur envers moi ? Plusieurs, sûrement. Mon ex que je n'ai pas su aimer. Que j'ai trompée. Ma fille que j'ai laissée à elle-même. Des collègues aussi, nombreux, dont j'ai remis en doute la probité ou pire, le talent.

On peut rester amis avec des gens qui nous ont blessés, déçus, passer l'éponge, parce que l'affection qu'on leur porte vaut plus que la douleur qu'ils nous ont infligée. En vouloir à quelqu'un, ce n'est pas le détester. Parce qu'on sait la douleur réversible.

Mais là, devant ce frère d'une lourdeur monstrueuse, cette âme répugnante, je sens qu'il est trop tard, que les ponts sont brûlés, que la haine l'a emporté.

Je prends le discours, le déchire méthodiquement, en deux, en quatre, en huit, jusqu'à ce que je n'aie plus la force de continuer, les yeux plantés dans ceux de mon frère qui continue de crier.

— Qu'est-ce que tu fais, imbécile?

— Je te déchire. J'te réduis en miettes.

— …

— Disparais. Sors d'ici. Vite, sinon, je t'arrache la tête. SORS!

37.

C'est son idée à elle : faire la promotion, à l'aide de courtes capsules Web, d'initiatives porteuses d'avenir en matière de préservation des animaux. Laurence veut montrer les solutions plutôt que d'exposer les problèmes. Il y a déjà assez d'oiseaux de mauvais augure. Il faut aller à la rencontre de ceux et celles qui provoquent le changement, publiciser les bons coups, qu'ils soient individuels, collectifs ou même gouvernementaux. Prêcher par l'exemple. Sans nier la menace, cette approche positive fait chaud au cœur, à son avis. Elle donne envie de poursuivre le combat.

« Le catastrophisme a le pouvoir immense d'alerter et de mobiliser les gens, pense Laurence, mais il a aussi la capacité de les décourager, de leur faire baisser les bras devant l'ampleur de la tâche. Plusieurs abandonnent. La peur fonctionne un temps ; après, elle devient improductive. »

Contrairement à des personnalités comme Javier Bardem ou Shailene Woodley, ambassadrice de Greenpeace, qui a parcouru les océans pour traquer le plastique et rapporter les dommages qu'il cause à l'environnement, Laurence a envie de montrer le verre à moitié plein plutôt qu'à moitié vide. Elle veut faire baisser l'écoanxiété d'un cran. Comment ? En jouant les journalistes, en tournant des clips et en les diffusant sur les réseaux sociaux.

L'avion se pose à Beijing. Malgré le décalage horaire et la durée du vol, Laurence est fébrile. Entourée d'une petite équipe de tournage, elle entame aujourd'hui son offensive. La première capsule porte sur les pandas, le symbole de WWF.

En dix ans, le nombre de pandas géants en liberté en Chine a fait un bond de presque 20 %. Pour freiner leur disparition, le gouvernement a pris les grands moyens : treize nouvelles réserves naturelles, plantation de forêts entières de bambous pour assurer leur habitat naturel et leur alimentation, lutte de tous les instants contre le braconnage.

« Aujourd'hui, grâce à des actions concertées, le panda géant n'est plus une espèce en voie d'extinction, explique Laurence à la caméra. Il faut maintenant appliquer les mêmes mesures, développer la même volonté politique autour des éléphants, des baleines noires, des koalas et de tous les animaux en voie de disparition. »

Laurence croit que le nouveau militantisme consiste à influencer d'abord et avant tout les processus décisionnels en faveur de la préservation des espèces. À cibler les intervenants qui ont les moyens de changer le cours des choses. Elle réussit d'ailleurs à rencontrer le ministre chinois de l'Environnement pour lui demander de lutter contre l'importation d'ivoire, la cause de la mort de milliers d'éléphants.

Après cette intervention hautement médiatisée, elle part pour les Philippines, où le tamarau, le buffle nain, véritable emblème national, longtemps inscrit dans la catégorie des espèces « en danger critique », renaît de ses cendres. Le braconnage et la fragmentation de son habitat, liée à l'expansion agricole, avaient très largement contribué à sa disparition.

« C'est fabuleux de voir ces espèces revivre. On leur donne et on se donne en tant que société une deuxième chance. »

Je suis interrompu dans mon élan. Cette fois-ci, la sonnerie vient de mon téléphone. Nos journées se résument désormais à une succession d'alertes. Le danger est partout. Notre pouvoir de concentration écope. À moins qu'à l'inverse, il s'en trouve aiguisé. Pour changer, je n'ai pas de réponse. Avant de décrocher, je prends une gorgée de bière tellement énorme que ma bouche n'arrive pas à la retenir au complet. Je m'étouffe et la recrache à moitié. Des gouttes éclaboussent mon t-shirt.

— Bonjour, Philippe, c'est Gloria.

— …

— Tu sais, on s'est rencontrés au repas chez François et Nat. Tu t'en souviens ?

— Oui, Gloria… Je t'avais reconnue. Ça va bien ?

— En pleine forme, merci. Contente de te parler.

— Moi aussi, moi aussi.

— Nat m'a donné ton numéro de téléphone. Ça ne te dérange pas que je t'appelle ?

— Non, pas du tout. Je te trouve même courageuse de m'appeler après la scène que j'ai faite l'autre soir.

— Après ton départ, on a parlé de toi…

— Je m'en doute. Et vous êtes arrivés à quelle conclusion ?

— Que tu avais trop bu. Que t'étais sans doute stressé par ta bio… Plein de trucs… Ah oui, que tu manquais d'habiletés sociales, aussi.

— Ah, vraiment… Avez-vous parlé de ma dépression ?

— Un peu… Mais je t'appelle pas pour ça. Je me demandais ce que tu faisais dimanche.

— Dimanche ? Je ne sais pas. Attends…

— J'ai une petite sortie à te proposer. Je cultive des orchidées. C'est ma passion, mon petit jardin secret. J'organise une exposition avec des amis, et je me demandais si tu voulais m'accompagner.

— Désolé, mais je suis allergique, Gloria.

— Tu es drôle, Philippe. C'est impossible. Personne n'est allergique aux orchidées.

— Non, pas aux orchidées, aux gens qui les cultivent. Chapitre clos.

38.

J'appelle Laurence. Il est minuit ici. Trois heures plus tôt à Los Angeles. La nuit est propice aux confidences. Le téléphone, aussi. Cette petite chose, posée dans le creux de nos mains, crée une distance qui, paradoxalement, rapproche. Je m'assois à l'ordi, prêt à dégainer.

J'ai besoin de précisions. De gratter. De fouiller. Je suis un chercheur d'or, et tant que je n'ai pas trouvé, je creuse le lit des rivières, pour trouver la pépite qui transformera ce qu'on pensait être une simple anecdote en précieuse révélation.

— Je te dérange ?

— Non, je suis à la maison, je lis un scénario.

— Écoute, j'étais en train d'écrire…

— À cette heure-ci ?

— Eh oui, c'est le problème avec les bonnes histoires… On ne peut pas en décrocher.

— Bon, bon, bon… Allez, je t'écoute.

— Quand la dépression de ta maman est allée en s'aggravant, et que tu lui as proposé de venir vivre avec toi à Los Angeles, pourquoi elle a refusé ?

— Elle n'a pas refusé.

— Ah, non ?

— Ce que je vais te raconter, je veux que ça reste entre nous, compris ? C'est ma sœur qui lui a interdit de venir me rejoindre. Elle lui a fait une crise incroyable. « Tu ne peux pas m'abandonner. C'est encore Laurence qui a tout. Tu trouves que je m'occupe mal de toi, c'est ça ? » Il n'y a rien qu'elle ne lui ait dit pour la décourager.

— Et ta mère, elle s'est sentie comment là-dedans ?

— Mal. Très, très mal. Prise en otage. Elle était déjà diminuée, perdait souvent la carte. Elle était facilement manipulable, et Chloé en a profité.

— Est-ce que ta mère t'en a parlé ?

— Bien sûr.

— Qu'est-ce qu'elle t'a dit ?

— « Je ne peux pas faire ça à Chloé. Tu sais comment elle est. Elle a toujours l'impression d'être la mal-aimée. La victime. »

— J'imagine ta déception... Et peut-être même ta colère ?

— J'en ai voulu à Chloé. Ma mère aurait été bien ici. Je m'en serais bien occupée. J'aurais engagé une infirmière pour lui tenir compagnie. Elle aurait pu vivre son grand rêve à travers moi. Avec moi.

— Elle aurait été plus heureuse avec toi, tu penses ?

— Je ne sais pas. Mais une chose est sûre : j'aurais tout fait pour éviter qu'elle se suicide.

— Tu penses vraiment que tu aurais pu changer quelque chose ?

— Peut-être, sans doute. Chloé n'est pas la plus fine psychologue. Tu sais, Philippe, je ne suis pas certaine de vouloir parler de la maladie de ma mère dans la bio.

— Oui, mais c'est un événement déterminant dans ta vie. C'est important de parler de la maladie mentale.

— Oui, mais ma mère n'en est pas sortie. Elle en est morte.

— Je comprends.

Un silence s'installe. J'en profite pour me faufiler.

— C'est vrai que tu as été agressée sexuellement par un producteur ?

— C'est Catherine qui t'a dit ça, hein ?

Je n'ose pas répondre.

— Ça peut juste être Catherine. Elle veut qu'on en parle dans la bio ?

— Peut-être. Elle prétend que ça ne nuirait pas à ta carrière. Elle va faire quelques appels à ses avocats avant. Mais toi, est-ce que tu veux en parler ? C'est ça, l'important.

— Je ne sais pas encore. Je vais attendre de voir avec elle.

— Je comprends.

— Je ne me suis pas laissé faire, tu sais… Le gros dégueulasse. Mais je ne veux pas être celle qui semble profiter du mouvement MeToo… On va peut-être en parler autrement, ailleurs. Et puis, je refuse de passer pour la militante de toutes les causes.

— Prends le temps d'y penser.

— Faut que je dorme maintenant. Je me lève tôt. On se voit toujours la semaine prochaine, à Montréal ?

— Absolument. Bonne nuit, Laurence.

Il reste une larme de porto que j'avale d'un trait, sans la déguster.

Il me reste tellement de larmes à verser.

39.

Mon portable vibre et s'illumine. Je fais le saut. Il est 4 heures du matin. C'est Catherine Steinbeck qui m'envoie un texto.

« Stop ! J'ai lu les chapitres que tu viens de m'envoyer. Ça ne va pas du tout. Je ne suis pas convaincue de la direction que prend cette bio. Faut se parler. »

Cette salve, je ne l'attendais pas. Je suis touché au flanc. Je vacille.

Avant de répondre, je me lève, fais un café, me donne la chance de retrouver un semblant de rythme cardiaque. Je prends tout mon temps. La laisse poireauter. Le silence. C'est la seule réplique que je puisse trouver à la brutalité de son intervention. Peut-être va-t-elle comprendre ? On peut toujours rêver.

Non.

Mon portable sonne. Elle revient à la charge. Je prends une inspiration et réponds.

— Bonjour, Catherine. Tu veux me parler, je crois ?

— Arrête ton ironie, ce n'est pas le moment.

— Bon, qu'est-ce qui ne va pas ?

— D'abord, c'était quoi l'idée de parler à Laurence de ce producteur qui l'a tripotée avant que je te donne le signal ? Elle m'a appelée, elle était très en colère. Elle déteste avoir l'impression d'être manipulée. De sentir qu'on lui joue dans le dos. Elle m'a même menacée de changer d'agent si je ne la laissais pas respirer. J'ai l'air de quoi, moi, maintenant ?

— Je suis vraiment désolé. Je pensais que tu lui en avais parlé.

— Tu pensais, tu pensais ! Arrête de penser, tu vois ce que ça donne quand tu penses. Agis, bordel !

— J'agis ! Tu as reçu les chapitres que je t'avais promis, non ?

— Parlons-en de tes chapitres. Tu vas en écrire combien sur les lubies écolos de Laurence ? Arrête avec tes histoires de fin du monde ! La vie est déjà assez difficile pour les gens ordinaires. Tu veux les achever ?

— On leur donne quoi, alors ? Du pain, des jeux ? Du sexe ? On les chloroforme, on les gaze un bon coup ?

— Ils veulent rêver, c'est facile à comprendre ! On s'en fout complètement des pandas. On n'en a rien à branler des pandas. Qu'ils mangent leur *fucking bamboo* et qu'ils arrêtent de nous faire chier !

Elle crie. Elle est hors d'elle. J'ai l'impression d'entendre une autre Catherine. À moins que ce soit la vraie. Son masque d'héroïne romantique vole en éclats.

— Moi, ça ne me fait pas mouiller, un panda, t'as compris !?

— Oui, oui, c'est clair… Mais tu le sais aussi bien que moi, toutes les vedettes ont leur cause. Elles veulent que leur notoriété serve à quelque chose. Elles pensent indépendamment des grands studios. Ce ne sont plus des potiches. Ava Gardner est morte depuis longtemps.

— Mais qu'est-ce que tu connais de la vie à Hollywood ?

— Moins que toi, assurément. Ce que je sais, par contre, c'est que Laurence veut absolument que je parle de son engagement. Elle a posé ses conditions pour participer à cette bio, et c'était la première : parler des causes qu'elle défend.

— Je vais t'expliquer une chose : Hollywood est un monde cruel, surtout pour une femme. Hollywood t'avale tout rond et t'expulse aussi rapidement. Si tu veux décrocher un rôle, il faut que tu gardes la fraîcheur des débuts. En d'autres mots, il faut que tu restes sexy. Légèrement mystérieuse. Tes histoires de pandas et de buffles nains, c'est pas sexy. Je ne veux pas qu'on offre à Laurence le rôle de Dian Fossey se précipitant au secours des gorilles rwandais. Je veux des rôles qui lui conviennent.

— Et qu'est-ce qui lui convient ?

— Des rôles d'amoureuses. De belles victimes. Elle a gagné un Oscar pour un rôle d'autiste, pas pour un rôle de championne de kung-fu. Laurence a le visage d'un ange. On ne peut pas se battre contre ça.

— On peut. La carrière de Nicole Kidman ne s'est pas arrêtée avec *Jours de tonnerre.*

— Écoute-moi bien, Philippe. Tu ne vas pas dicter nos choix de casting, OK !?

Elle enchaîne, sans que j'aie le temps de répondre.

— Tu n'es pas sans savoir qu'il se prépare un remake de *Casablanca.* C'est LE gros projet, en ce moment. Laurence est pressentie pour le rôle d'Ilsa Lund, qu'a rendu célèbre Ingrid Bergman. T'imagines ? On prévoit que le tournage va débuter d'ici deux ans. Juste après la sortie de la bio. Je veux que ce livre pave la voie à son embauche, tu comprends ?

— Je n'écris pas un livre pour satisfaire des intérêts commerciaux.

— Mon pauvre Philippe. J'ai un peu pitié de toi. Je te croyais plus intelligent que ça. Et tu veux satisfaire quoi alors ? Tu travailles bénévolement pour une ONG ? Tu veux vendre le moins de livres possible ? Qu'il passe inaperçu ?

— Ce n'est pas ce que j'ai dit.

— Il faut parfois mettre son orgueil de côté pour arriver à ses fins. Et à Hollywood, tout n'est que compromis. Si tu veux survivre, tu acceptes les règles du jeu. Sinon, tu dégages.

— Tu veux que je dégage ? C'est ça ?

— Non, Philippe. Pas du tout. À moins que tu décides de te dégonfler…

— Pourquoi je me dégonflerais ?

— C'est une business, Hollywood. *Get it?* Namaste, Philippe.

Elle interrompt la conversation aussi cavalièrement qu'elle l'a commencée. Je laisse tomber mon portable sur la table.

Fuck you, namaste, Catherine !

40.

Aux premiers milles d'une fréquentation, aussi périssable soit-elle, on se sent l'obligation de défiler son pedigree amoureux. Avec qui on a été, combien de temps, pourquoi telle histoire a marché, telle autre, foiré ? On s'amuse à faire semblant de ne rien se cacher : le nombre de nos conquêtes, la futilité de nos romances, la profondeur de nos blessures. Satisfait de croire que ce simulacre de transparence ajoute à la vérité de l'amour naissant, de prouver par la négative que ce coup-ci, ce n'est pas pareil.

— Vas-tu revoir André ?

Une fois désossé notre passé sentimental, c'est de cette façon que Chloé a lancé la conversation au sujet de son conjoint, André Lazaridès. Elle était assise dans ma chambre, les genoux repliés sur sa poitrine, une serviette enroulée autour de la tête, comme une charmeuse de serpents. Il flottait dans l'air un nuage de vapeur qu'une douche bouillante dont elle avait étiré le plaisir avait laissé en suspension. Elle a posé la question en souriant, l'air de ne pas y toucher.

— Oui, faudrait sans doute qu'on se reparle. J'ai des précisions à lui demander.

— Ça va lui faire plaisir. C'est un homme bien, tu sais.

— Je n'en doute pas.

— Il est très attentionné. Très doux. Il ne ferait pas de mal à une mouche. Et c'est un excellent papa. Il est toujours là pour ses filles. Quand elles étaient bébés, c'était le premier à se mettre à quatre pattes pour jouer avec elles.

— Tu en parles avec beaucoup d'affection...

— Et d'admiration. Avec André, ça n'a sans doute pas été le coup de foudre, mais l'amour ne se construit pas en un jour. Il peut prendre différents visages, aussi. Je l'ai rencontré pour la première fois au club de cinéma qu'il animait. C'est Laurence qui m'y avait amenée. Moi, je commençais Concordia.

C'est lors de sa troisième année universitaire que Chloé l'a retrouvé. Chargé de cours, il enseigne le documentaire politique. Les deux sont heureux de se revoir. Chloé a 23 ans, André, 15 de plus. Elle n'est pas insensible au charme du beau professeur. Et inversement.

Comme à son habitude, c'est elle qui a provoqué les choses.

— Avec André, ce n'était pas pareil. C'était un homme. Jusque-là, je n'avais rencontré que des garçons. Il m'a fait sentir importante. Il voyait quelque chose en moi. De son côté, je ne sais pas, il a découvert chez lui une fantaisie qu'il n'avait pas, une pulsion de vie, une liberté...

Rien ne les prédisposait à se fréquenter, encore moins à faire leur vie ensemble. Elle est un volcan, lui, un lac tranquille. Lunettes rondes, cheveux en bataille, traits fins, assez grand, mais frêle, toujours le nez dans un livre ou un journal, André Lazaridès ressemble jusqu'à la caricature à l'idée que l'on se fait d'un intellectuel. Ce fils d'immigrants égyptiens, dont l'intelligence peut être intimidante, donne l'impression d'être continuellement en train de penser à quelque chose.

— J'adore sa façon d'onduler, de naviguer. Sa douceur. Sa voix feutrée. Il me calme. C'est mon gros chat.

— Et tu le trompes?

— Le tromper... Les gros mots. J'ai le droit de m'amuser. Il m'apporte énormément, mais peut-être pas tout. Je l'aime à ma façon. Lui également.

— Il aime beaucoup Laurence, aussi, non?

— Oui, c'est clair, il a beaucoup d'admiration pour elle. Et c'est réciproque.

— Laurence m'en a dit beaucoup de bien.

— Parlant de la louve, comment va la bio de ma petite sœur chérie?

— Après avoir lu son courriel te concernant, je me demande si tu la «chéris» autant que tu le dis...

— Ça va passer.

— C'est dur ce qu'elle t'a balancé, non?

— Oui, ça m'a fait mal. Je ne crois pas que je mérite tous ces reproches. Mais ça a toujours été comme ça entre nous. J'espère que tu ne t'épanches pas à notre sujet dans ta bio...

— Pas trop.

— T'es rendu où?

— Je sais pas, nulle part et partout à la fois. Je me promène dans sa vie. Je papillonne. Tu es trop curieuse.

— C'est ma sœur, non?

— Oui, mais ta sœur, ce n'est pas toi. Je n'écris pas ta bio.

— Un tout petit peu quand même. Il y a encore plein de choses que tu ne sais pas.

— Comme quoi ?

— Tu sais que pour son personnage de Lili dans *Oseras-tu ?*, c'est de moi dont Laurence s'est inspirée. Elle ne t'en a sûrement pas parlé…

Elle éclate de rire, libère ses cheveux du turban qui les retenait et, dans le même mouvement, tire de son sac à main un vernis à ongles de couleur écarlate qu'elle commence aussitôt à appliquer sur son gros orteil. Comme dans une scène fétiche du film qui a mis Laurence Stewart au monde. Ses gestes sont rapides et d'une incroyable précision. Du lit où je suis étendu, je peux voir son sexe, ses lèvres entre ses jambes repliées. Je la soupçonne de l'exhiber à dessein.

— Tu voudrais pas me la faire lire ?

— Pourquoi ? Qu'est-ce que ça me donnerait ?

— Je sais pas. Je pourrais être ta conseillère. S'il y a des choses à préciser… Je la connais tellement bien.

— Si j'ai à la faire lire en premier, c'est à ta sœur, non ?

— Et à Catherine Steinbeck ?

— Et à Catherine Steinbeck.

— Allez, Philippe, si cette sorcière peut la lire, je peux aussi. Un regard extérieur, des fois… Ça permet d'enrichir le texte.

— C'est pas très éthique tout ça.

— Monsieur Vallières a des principes. Je n'ai pas l'intention de jouer dans tes plates-bandes. C'est ton histoire.

— Je vais voir.

— Sache une chose : Laurence m'a demandé ce que je pensais de cette bio. Devrait-elle accepter ou non ? Elle me consulte toujours avant de prendre une grande décision.

Elle n'était pas sûre. Pas sûre du tout. C'est moi qui l'ai convaincue d'accepter.

— C'est donc toi que je dois remercier.

Je m'avance lentement vers elle. Elle ne bronche pas et continue d'étendre méticuleusement son vernis.

— Totalement.

Je me penche vers elle, l'embrasse du bout des lèvres au coin des siennes. Elle relève la poitrine vers moi et m'enserre la taille de ses bras.

Qu'est-ce que je fais avec elle?

Notre relation ne mène nulle part. Je ne l'aime pas. Elle ne m'aime pas. Je ne m'aime pas. Elle ne s'aime pas. Nous nous aimons assez peu, tout compte fait.

Je baise avec Chloé. Je baise Chloé. Chloé me baise. Nous sommes baisés.

Je ne suis pas aveugle. Elle me manipule.

Je me laisse faire.

Je fais le mort, je suis l'oiseau dans la gueule du chat.

J'y trouve mon plaisir.

Moi aussi, j'ai un rôle dans cette drôle d'histoire. Je suis couché entre Chloé et Laurence. Je ne sais plus qui regarder. À gauche, à droite, dans mon dos, au nord, au sud, la tête me tourne jusqu'à se dévisser de mon corps.

Si c'est un drame, qui vit le plus grand? Moi, elles, nous? L'actrice qui ne sait plus qui elle est? La sœur qui aurait voulu être actrice à la place de l'actrice? L'homme qui essaie de se trouver une raison de respirer?

Chloé me tire vers le bas. Il y a combien d'étages à ce souterrain? Je m'éclaire à la chandelle, et les courants d'air sont sournois. Si elle s'éteint, c'est le noir complet qui l'emportera.

Elle veut faire dérailler cette bio. Que je raconte son histoire à elle.

« Bonjour, je m'appelle Chloé. Je suis la sœur de Laurence Stewart qui ne s'appelle pas Stewart. Personne ne peut échapper aux liens du sang. Ni elle, ni les rois, ni les reines, ni les forts, ni les faibles, ni même les dieux à qui les mortels ont trouvé un lieu terrestre : Olympe, Hollywood. »

Elle s'accroche comme une naufragée à l'épave que je suis. Elle m'appelle parfois en pleine nuit. Me soupire quelques mots à l'oreille. « Allô darling, es-tu debout ? Moi je suis couchée. » Puis elle raccroche.

Je n'arrive pas à dormir.

Elle veut m'épuiser. Que je rende les armes. Tu as gagné, Chloé. Tu es la plus forte. Tu as toujours été la plus forte. Pourquoi tu t'acharnes à le prouver ?

Ma vie se disloque. Je dérive. Mon gouvernail est cassé. Il ne me reste que quelques bouteilles de vin.

Je bois. Je boirais. J'aurais bu. J'eusse bu.

Je n'ai même pas le courage d'en finir.

41.

Je réécoute la dernière entrevue que Laurence m'a accordée, lorsque nous étions chez elle à Malibu. Je me souviens encore de ce moment, au soleil couchant, où, étourdie par le flot de nos échanges incessants, presque en transe d'avoir parlé comme elle respirait, Laurence a fait sauter les verrous.

Les sujets s'emboîtaient les uns dans les autres, tout naturellement, conversation Lego aux formes et aux couleurs disparates. En enfilade, les réalisateurs avec qui elle rêve de tourner. Le pouvoir d'un directeur photo, capable en un seul plan de ruiner la beauté d'une actrice. Le drame de vieillir au royaume de la jeunesse éternelle. Des moments de vertigineuse solitude qu'elle traverse.

— Contrairement à ce que ma vie peut laisser penser, je suis très seule. Mon métier en est un de grande réclusion. Mon principal compagnon, c'est le personnage que j'incarne; je mange avec lui, je sors avec, je fais le marché avec, je dors avec. Le problème, c'est qu'il n'existe pas vraiment, il vit en moi. En vieillissant loin de la maison, le fait d'être seule me pèse de plus en plus.

— Oui, mais un jour, tu vas rencontrer quelqu'un, tu vas fonder une famille…

— Je t'ai pas dit ? Je suis infertile, a-t-elle répondu avec un abandon qui m'a déstabilisé.

Elle m'a tout raconté. C'était un an après son arrivée en Californie et quelques semaines après la naissance de la première fille de Chloé. Elle n'a plus de règles depuis quatre mois. Inquiète, elle consulte une gynécologue qui lui diagnostique une insuffisance ovarienne précoce. Elle ne produit plus que de très rares ovules. Le verdict est sans appel : elle ne pourra pas avoir d'enfant. Sur le coup, elle panique. Elle n'a que 23 ans. Une femme de moins de 30 ans sur 10 000 souffre d'IOP. « C'est comme si on m'apprenait que j'allais finir ma vie sur une île déserte. »

Pire encore, une malformation de l'utérus l'empêcherait de porter un enfant, si d'éventualité, on réussissait à féconder un ovule.

Toutes jeunes, Laurence et Chloé s'étaient promis qu'elles auraient chacune leur famille, que leurs enfants seraient les meilleurs amis du monde. Elles allaient jusqu'à se disputer l'exclusivité de certains prénoms : Margot et Lucas, c'est à moi. Toi, tu peux garder Adrien et Daphné. Les paris étaient ouverts dans la famille. C'était à qui serait la première à tomber enceinte.

— On peut ne pas vouloir de famille, s'est défendue Laurence. Un enfant, ce n'est pas une fin en soi. Un prérequis au bonheur. Sauf que la pression sociale est tellement forte... On ne cesse de te répéter que l'être humain est programmé pour se reproduire, à défaut de quoi, il disparaîtra. Mais moi, mon deuil est fait. Je n'aurai jamais d'enfant, le sort en est jeté.

J'ai eu du mal à la croire, et même maintenant, je tique en réécoutant ses paroles.

— La famille, ce n'est pas important pour toi ?

— On peut se la créer autrement, sa famille. J'ai quelques amis. Ma sœur. Et puis, j'adore mes nièces.

— Tu veux qu'on parle de ton infertilité dans la bio ?

— Je ne sais pas. Je ne veux pas devenir l'égérie des femmes incapables d'enfanter. La porte-parole d'une clinique de fertilité. Ou la grande militante du droit à l'enfantement.

— Ce serait important d'aborder la question, tu ne penses pas ? De nombreuses femmes vivent difficilement cette situation…

— Je suis très bien placée pour le savoir. Mais je n'ai pas encore fait la paix avec cette histoire. J'envie tellement ma sœur d'avoir pu vivre deux grossesses. Je l'ai vu : la maternité te nourrit, te sort de toi-même ; ça t'oblige à prendre soin de l'autre. Enfanter, c'est un exercice d'humilité permanent. C'est important dans le métier que je fais.

— Mais tu peux adopter, non ?

— Quand je l'ai annoncé à Chloé, elle m'a dit que si je voulais un enfant, elle le porterait pour moi. Il suffirait d'un ovule.

— Reste à trouver le donneur.

— Le monde entier est peuplé de donneurs. L'important, c'est que j'aie la mère porteuse.

42.

Laurence protège jalousement sa vie privée. Depuis qu'elle vit à Los Angeles, elle est pourchassée par une armée de paparazzis. « Si ça les amuse de me photographier en train de choisir mes tomates, qu'ils se fassent plaisir ! Je m'en fous complètement. Il y a des choses plus importantes dans la vie. »

Il suffit qu'elle se trouve en compagnie d'un homme pour qu'on lui invente une idylle. Avec son coiffeur, son agent, ses partenaires de jeu, la machine n'attend qu'une rumeur pour s'emballer. On voudrait tellement qu'elle tombe amoureuse, pour pouvoir nourrir autant la bête médiatique que la curiosité populaire.

À son arrivée à Los Angeles, ce petit jeu du chat et de la souris l'amuse. Sa discrétion ne fait qu'attiser l'appétit des échotiers de tout acabit. En même temps, rompue aux intrigues des réseaux sociaux, elle sait très bien que c'est elle qui mène le jeu, qui dévoile ce qu'elle veut bien dévoiler. Juste assez pour tuer dans l'œuf toute intrusion dans sa vie privée. C'est la beauté des réseaux sociaux : nous avons une longueur d'avance sur ceux qui voudraient abuser de notre intimité.

En six ans, pour dire vrai, elle n'a vécu que des amours de passage. Son rythme de vie effréné ne se prête pas à la romance. Elle enchaîne film sur film, sa carrière est sa grande priorité.

« Pourquoi faudrait-il que je sois absolument avec quelqu'un ? demande-t-elle. Cette liberté fascine l'Amérique conservatrice. Le célibat est un sujet tabou. Si tu n'es pas avec quelqu'un, tu es une loser. Ça sous-entend que tu n'es pas assez belle, assez attirante, assez intelligente pour te trouver un partenaire. Il n'y a que les psychopathes qui sont seuls. Tout le monde est avec quelqu'un. Mais ça se peut qu'on veuille être seule par choix, non ? Pour le moment, mon emploi du temps est incompatible avec une vie de couple. Je n'ai pas de place pour un compagnon. Mon métier et mon engagement écologiste m'occupent presque à temps plein. Si je partageais ma vie avec quelqu'un, je voudrais pouvoir lui consacrer le temps qu'il faut. »

Ce ne sont pas les prétendants qui manquent. Prenez un numéro. Avec le chanteur français Thierry da Costa. Avec le scénariste à succès Anthony Garcia. Même avec un riche entrepreneur en construction, Mike Farley, qui possède à lui seul tout le sud de Palm Springs.

« Oui j'ai eu des petits amis à Los Angeles. Je ne suis pas une nonne. Mais je tiens trop à mon indépendance. Je n'appartiens à personne. Je ne suis pas prête à me poser. »

Laurence ne cherche pas l'amour parmi ses pairs. « Pourquoi faudrait-il toujours que les acteurs s'unissent entre eux ? Est-ce qu'un comptable doit vivre avec une comptable pour être heureux ? Est-ce qu'un pompier doit faire l'amour avec une pompière pour être épanoui sexuellement ? Je sais, je sais, les acteurs se comprennent, vivent le même métier. Mais tout cela me paraît bien incestueux. »

Je referme mon portable. Il est trop tard pour continuer. Je suis brûlé. Je bois la dernière gorgée de mon verre et titube jusqu'à mon lit, où je me laisse tomber sans me déshabiller.

La nuit sera courte et perturbée encore une fois, peuplée de revenants et de succubes se disputant la vedette dans des drames hallucinés. Et demain, je me réveillerai, et continuerai de marcher dans un mauvais rêve.

43.

— Cette année, c'est mon ange. C'était le tien, l'an dernier.

— Même pas vrai !

— Tu t'en souviens pas. Tu te rappelles jamais rien. Sais-tu les noms des Backstreet Boys ?

— Oui, j'les connais.

— Ah, oui, c'est quoi ?

— Y'a Steve.

— Y'a pas de Steve dans les Backstreet Boys, niaiseuse !

— C'est toi la niaiseuse !

De mon bureau, je les entends se chamailler. Je délire. Je romance. Je m'amuse à les opposer l'une à l'autre.

Chaque Noël, l'histoire se répète. Laurence et Chloé se disputent pour savoir quel ange trônera au sommet du sapin. Elles ont chacune le sien. Celui de Laurence a une auréole lumineuse, celui de Chloé, des ailes déployées. C'est toujours Chloé qui gagne parce que c'est la plus grande. La plus forte aussi.

J'orchestre l'affrontement. Le mets en scène. Elles sont drôles, au fond, ces deux petites filles que la rivalité rend inséparables.

Quand Laurence résiste, Chloé impose sa loi : elle la cloue au sol, s'assoit sur elle et la retient de tout son poids, jusqu'à l'étouffer. Laurence devient rouge de colère.

44.

« Chambre 1707. » Chloé a pris les devants, comme elle sait si bien le faire, fixant le rendez-vous sans s'embarrasser de préambules. « On va se faire plaisir. »

Tout était dit.

Le taxi me dépose à distance de l'hôtel. Impossible d'aller plus loin. Au milieu de la chaussée, un geyser a jailli de l'asphalte. L'eau pisse et cascade sur les trottoirs. Le centre-ville fend de partout. La nature reprend momentanément ses droits. On aurait presque envie de jouer dans les flaques, si ce n'était de ce froid préhistorique qui fait éclater les canalisations de la ville les unes après les autres.

À la sortie des bureaux, les travailleurs essaient de se protéger des morsures de l'hiver. En sautant dans leur auto, en s'engouffrant dans les bus, en courant vers les souterrains. On croirait qu'ils fuient l'arrivée d'une armée ennemie. Une nouvelle nuit arctique tombe sur Montréal. Une nuit de février, carnassière, sans pitié pour les démunis condamnés à chercher une bouffée d'air chaud dans les tunnels du métro.

Le vent s'engouffre entre les buildings et vient me fouetter le visage. Je remonte mon foulard, de peur que mes joues ne fendent elles aussi.

Au plus profond de l'hiver, la nuit fait peur. Elle tombe si vite. On y pénètre les mâchoires serrées, la tête enfoncée dans le cou. Aucune clémence n'est concevable. Le seul scénario à envisager : se mettre à l'abri d'une saison impossible.

Ce soir, je ne fuis pas l'hiver, je me jette dans la gueule de la louve.

Je pénètre dans le hall et, sans prendre le temps d'apprécier ce retour à la civilisation, j'entre dans l'ascenseur qui doit me propulser au ciel. Je cogne au 1707. J'attends de longues secondes. La porte s'ouvre.

Je recule. Je ne comprends pas.

— Bonsoir, Philippe.

J'ai devant moi André Lazaridès, tout sourire.

— Bonsoir… Chloé n'est pas là ?

— Bien sûr que je suis là !

En m'avançant dans le salon, j'aperçois Chloé, assise dans un fauteuil, ses longues jambes repliées sur l'accoudoir.

— Bonsoir, Philippe. T'as l'air surpris…

— C'est que je…

— Tu ne m'as pas dit qu'il te restait des trucs à discuter avec André ?

— Oui, absolument. C'est gentil d'y avoir pensé. Mais je ne me suis pas préparé. Je venais prendre les documents dont tu m'avais parlé. Tu aurais peut-être dû m'avertir…

— Oui, je sais. Je m'excuse. Je voulais te faire une surprise.

— Tu ne lui avais pas dit que je serais là, Chloé !? Tu es vraiment incorrigible. Miss Improvisation. Mais Philippe, tu dois commencer à la connaître.

Je ne sais pas s'il sait.

Et s'il sait, à quoi jouent-ils tous les deux ? Avec moi ? Je me sens mal. J'essaie de me donner une contenance, même si je voudrais disparaître six pieds sous terre.

— Veux-tu boire quelque chose ? Philippe ne dit jamais non à un verre.

Chloé se lève et part chercher une coupe qu'elle remplit de vin blanc. Elle en profite pour remplir le sien.

— Tu n'as pas été étonné que je te donne rendez-vous à l'hôtel ? demande Chloé.

— Un peu, oui.

— Tu devais t'imaginer des choses, enchaîne André, en rigolant.

— André et moi, on aime bien se payer une nuit à l'hôtel une fois de temps en temps. Sortir de la routine. Faut bien mettre un peu de piquant dans notre vie.

— On se donne rendez-vous comme deux amants. Ça nous amuse.

— Je vais m'en aller… Je ne veux pas vous déranger…

— Non, non, assieds-toi. Tu ne nous déranges pas du tout, Philippe. Au contraire. C'était prévu. On va pouvoir discuter tous les trois. À moins que tu veuilles parler uniquement avec Chloé. Je pourrais comprendre. C'est elle qui t'a donné rendez-vous, après tout.

— Non, non, c'est bien comme ça.

— On pourrait aussi inverser les rôles ! s'amuse Chloé. Maintenant qu'on vous a tout dit, à vous de parler, cher biographe. C'est moi qui pose les questions. Monsieur Vallières, si vous aviez à choisir l'épisode le plus heureux de votre vie, ce serait lequel ?

— Je n'aime pas vraiment ce jeu-là…

— On s'amuse, Philippe, répond Chloé. Relaxe un peu. Tiens, j'en ai une autre pour toi : pourquoi t'effaces-tu devant ton sujet ?

— Je ne m'efface pas.

— Philippe, c'est une blague !

— Arrête, Chloé, s'interpose André. Parlons plutôt de ce qui nous amène tous les trois ici : Laurence. J'espère d'ailleurs que tu ne donnes pas une trop grande place à Chloé dans cette bio, elle ne la mérite pas...

— Très drôle, chéri. Ne l'écoute pas, Philippe. C'est son sens de l'humour.

— Non, André, c'est la bio de Laurence que j'écris.

— Parfait, parlons de Laurence, alors. Tu sais que c'est André qui, le premier, a repéré Hubert Breitman, le réalisateur d'*Oseras-tu* ? Il avait vu quelques-uns de ses courts métrages, il en a glissé un mot à Laurence.

— Non, je ne savais pas.

— Allez, parlez, parlez, moi, je me charge de mettre un peu d'atmosphère.

— « Atmosphère ! Atmosphère ! Est-ce que j'ai une gueule d'atmosphère ? » Arletty dans *Hôtel du Nord*. Tu connais cette réplique culte, Philippe ?

— Oui.

Chloé se lève, se verse un nouveau verre et met de la musique. Elle choisit *You Sexy Thing* de Barry White. Elle rit de ce choix grotesque et se met à danser. Le salon au complet lui sert d'exutoire. André s'amuse de la voir se trémousser comme dans un club de danseuses.

Chloé agrippe son mari par la chemise et le tire sur cette piste de danse improvisée. Il se laisse faire. Elle l'invite à l'imiter, à singer sa danse. Il me sourit, en esquissant quelques mouvements maladroits du bassin. Elle nous verse chacun un verre et crie: «Cul sec!»

Chloé et André s'exécutent. J'en ai assez vu. Il y a quelqu'un de trop dans cette mauvaise parodie d'un film de Kubrick. Je ne sais pas ce qu'ils attendent de moi, mais je ne suis pas partant. J'enfile mon manteau.

— Bon, bien, je vous laisse. André, je vais t'appeler.

— Philippe, tu t'en vas pas déjà, se désole Chloé, on commençait juste à avoir du fun.

— Reste, Philippe. Le meilleur est…

Je n'ai pas le temps d'entendre la fin de la phrase que je referme la porte derrière moi.

45.

12 août 2015, début d'après-midi. Los Angeles croule sous un soleil de plomb. Il fait 37 degrés à l'ombre. Il n'existe plus qu'une seule substance, le mou, qu'une seule vitesse, le ralenti. Laurence Stewart est en retard. Coincée dans un bouchon sur la 110, elle peste contre la circulation. Une grosse nuit l'attend au studio Paramount. Elle doit enchaîner trois scènes costaudes. Le tournage de *Cybelle*, un thriller, est très exigeant physiquement. Elle s'entraîne comme une forcenée depuis des mois pour se sculpter un corps de déesse.

Son portable vibre. C'est sa sœur Chloé. Elle n'a pas le temps de répondre. Elle court chez la costumière pour un changement de robe. Laurence ne se doute pas un instant de la gravité de la situation. Chloé lui laisse un message : « Rappelle-moi vite, c'est important. » C'est toujours important avec Chloé, pense-t-elle. Quand sa sœur aînée demande quelque chose, elle n'accepte pas d'être contrariée. Avec elle, « attends » n'est pas une réponse. C'est tout de suite ou je te talonne jusqu'à obtenir satisfaction.

Laurence rappelle sa sœur en fin d'après-midi. Elle s'installe dans sa loge, à l'écart. La discrétion est de mise quand la star s'entretient avec sa sœur. Elle a tendance à s'emporter.

— Bon, enfin !

— Qu'est-ce qui se passe ?

— C'est que...

— Accouche, j'ai pas l'temps !

— C'est que... Maman est morte.

Laurence étouffe un cri. La tête lui tourne. C'est comme si on venait de la frapper avec une batte de baseball. Maman, sa petite maman, sa maman fragile, un oiseau tombé du nid, sa maman qui n'a jamais grandi... Mourir à 54 ans, ce n'est pas juste, c'est trop jeune...

— Quoi ? Qu'est-ce qui est arrivé ?

— Elle s'est suicidée.

— C'est pas vrai. Dis-moi que c'est pas vrai. Elle était où ?

— Chez elle.

— Elle était pas chez toi ?

— Non, elle était retournée chez elle. Je n'ai pas pu la retenir. Elle voulait absolument se retrouver dans ses affaires.

Laurence reste de longues minutes à pleurer toutes les larmes de son corps. Elle est dévastée. Elle savait bien qu'un tel événement pouvait arriver. Que sa mère se qualifiait comme suicidaire. Mais elle n'arrive pas à le croire : la voilà disparue à tout jamais. Elle est maintenant orpheline.

Devant le miroir lui renvoyant l'image d'une Laurence enfant, pleurant l'absence de sa mère partie travailler, elle essaie tant bien que mal de se recomposer.

Elle essuie le mascara qui a bavé sur ses joues et tente de se remaquiller.

Quand elle revient sur le plateau, Simon Weill, le réalisateur, voit bien que ça ne va pas. Le visage livide, les yeux hagards et boursouflés, le dos courbé, son corps en entier trahit la profondeur de sa peine.

— *Something wrong, Laurence?*

— *No, it's okay. My mother... My mother...*

Elle éclate de nouveau en sanglots. Simon se penche vers elle.

— *What's happening, Laurence?*

— *She's... She's dead.*

Pourtant, elle va tourner la scène. Parce que c'est ce que sa mère aurait voulu. Qu'elle agisse en vraie professionnelle. Qu'elle se tienne debout. « Une Filppula, c'est fait solide », disait-elle. Laurence va lui prouver qu'elle avait raison.

Je dois préparer le repas. Des pâtes, une omelette, du poulet... Je manque d'inspiration. Ça fait une éternité que je n'ai pas cuisiné pour quelqu'un d'autre que moi. Quand je n'ai que ma petite personne à contenter, je suis de façon générale assez conciliant.

Ma fille est venue vivre deux semaines chez moi pendant les vacances de sa mère. Cette nouvelle routine me donne un semblant de vie normale et la cruelle mesure de ce bonheur familial dont le divorce m'a privé. Rien n'est parfait.

Je lui ai aménagé une chambre temporaire dans mon bureau. J'ai réassemblé le lit simple en bois tourné dans lequel elle dormait enfant.

Le problème, c'est qu'elle n'y passe jamais la nuit. Elle fricote avec celui dont j'essaie désespérément de lui parler, sans que l'occasion se présente : le beau Willy, le fabuleux Willy, l'indispensable Willy. Le seul et unique Willy. Émilie me file continuellement entre les doigts. Elle doit sentir que cette relation m'arrache le cœur. Qu'elle me hérisse à un point tel que j'imagine des plans pour l'éloigner de lui.

Je n'arrive même pas à prononcer son prénom.

Émilie a évoqué la possibilité de déménager avec lui à la fin de l'année scolaire. J'en tremble.

Je suis désespéré. Comment la dissuader ?

Il n'y a pas plus sourde que celle qui ne veut rien entendre.

Ce gars-là n'est pas fait pour elle.

Je ne trouve pas les mots pour le lui dire. J'ai peur de ne pas avoir le sang-froid nécessaire pour en parler calmement et de la perdre vraiment.

Émilie est en train d'être kidnappée.

Ça devait arriver un jour.

Elle s'arrache à moi.

Non.

Pas lui.

46.

Mousseau, mon éditeur, me court après. Je cours plus vite que lui. Je ne réponds pas à ses appels. Je pulvérise ses textos. Je m'enfouis la tête dans la lie de mon gros rouge qui décape. Je me fais néant.

Il veut savoir où j'en suis. Si au moins je le savais.

Quelqu'un peut-il me dire où j'en suis ?

« Elle est où mon histoire ? Elle est où mon histoire ? » répète-t-il, sans considérer un instant la bêtise de sa question.

« Mon » histoire ? Ce n'est pas plus la sienne que la mienne.

C'est l'histoire de qui, d'ailleurs ?

Elle est où l'échappatoire ? Je me fais pêcheur de crabes sur la Côte-Nord ? Je demande l'asile psychologique à Cuba ? Je deviens prof de français à Taïwan ? Je change de sexe et d'adresse ?

Je n'ai que des questions.

Je suis un spécialiste des questions. J'en ai fait un métier. La réponse clôt la discussion, la question l'ouvre. Pourquoi et comment. Comment et pourquoi. Voilà les deux adverbes essentiels à quiconque veut pratiquer le métier de journaliste. C'est la base, le kit de survie. Ton interlocuteur ne doit pas pouvoir répondre par un oui ou par un non, sous peine d'appauvrir la conversation.

J'ai toujours préféré les questions aux réponses. La question est le paravent derrière lequel je me cache. C'est la balle que je retourne, le miroir que j'utilise pour réfléchir la lumière, espérant aveugler celui, et surtout celle, qui cherche à m'arracher la vérité. Parce que les filles sont meilleures en questions.

Je l'ai compris depuis longtemps : la meilleure façon de ne pas avoir à donner une réponse consiste à poser une question. Je pourrais par exemple demander à Mousseau : tu me donnes jusqu'à quand ? Ou encore : pourquoi en as-tu besoin si rapidement ? Pour noyer le poisson, acheter du temps, le faire travailler.

En même temps, les êtres humains qui ont la réponse facile me fascinent. Ces maîtres du dernier mot, de l'arrangement final, ont cette facilité que je n'ai pas d'avoir des opinions sur tout et de ne jamais en douter. Capables de jugements définitifs, extatiques de trancher dans le vif du sujet, ce sont les mêmes qui mènent le monde. Steve Baron parlait avec ses poings ; c'était d'ailleurs un maître de la conclusion finale. Mitch Kostas, lui, avait un plan de match, et n'en a jamais dérogé. Résultat : il est devenu le grand Mogol des petits-déjeuners. Moi, je ne mène rien. Je ne suis sûr de rien. Entre le noir et le blanc, je choisis le gris.

Je me remets à écrire. C'est ce que je fais le mieux. Non, ce n'est pas vrai. Je sais boire, aussi.

Et me réveiller la nuit pour haïr Catherine Steinbeck.

47.

Chaque matin, l'autobus scolaire passe chercher les sœurs Charier devant la maison. Le trajet est d'environ huit kilomètres jusqu'à l'école Fleur-des-Neiges. L'autobus s'arrête régulièrement pour faire monter des enfants. Le circuit dure environ quarante minutes. Quarante minutes dans un autobus bruyant, rempli d'enfants surexcités. C'est le temps que choisit Laurence pour se replier sur elle-même, peupler son imaginaire, s'inventer ses propres légendes, au risque de passer pour une sauvageonne.

Sa maîtresse de cinquième année, Madame Julie, se souvient très bien de cette fillette aux traits délicats, mais au tempérament en acier trempé. « C'était une petite fille lumineuse. Elle avait une imagination débordante. Déjà, elle attirait les regards. Tout le monde voulait être ami avec Laurence. On sentait chez elle une grande maturité pour son âge. »

Laurence traverse sa scolarité primaire avec facilité, malgré le divorce de ses parents. Elle aime étudier, apprendre ; elle ne craint pas de mettre les heures nécessaires pour réussir. « Mais je l'avoue : au-delà de la réussite, ce que j'aimais le plus, c'était la reconnaissance de cette réussite. Je voulais être remarquée, j'aimais être valorisée : les remarques de mes professeurs, l'appréciation de ma mère, le regard envieux de mes camarades de classe, tout cela me remplissait de bonheur. »

Je bloque. La prochaine phrase m'apparaît infranchissable.

J'ai soif. Il est 15 heures. Je sors la bouteille de scotch. Du St-Leger. Le même que celui de mon père. Son seul héritage, au fond. Une marque de scotch assez cheap. Ma fidèle. Ma clé de contact.

Je rame. Je souque. Je sue ma vie. Cette route littéraire est pavée de bretelles et d'échangeurs, de lacets et de tournants vertigineux. Je roule sur l'Interstate 405. Il suffit de bien peu, d'une simple distraction, pour que je me perde, tiens, un courriel qui entre, tiens, un chardonneret dans l'arbre, tiens, un ongle à couper, et j'échappe le fil ténu, presque invisible, du récit, qu'il faudra repasser par le chas de l'histoire, jusqu'à cette ligne d'arrivée, presque impossible à distinguer, parce que totalement aléatoire.

A-t-on jamais fini ?

Les jours passent. Les semaines aussi. J'ai arrêté de compter.

J'attends ce doux printemps qui me tourne le dos.

48.

Une patate chaude. Une autre. Et personne à qui la refiler.

Je pensais avoir terminé ma bouteille de rouge quotidienne et ma conversation sur Skype avec Laurence au sujet de son dernier rôle, dans *Star Light*, quand elle a décidé de jeter – quoi de neuf? – un nouveau pavé bien massif dans la mare familiale. «Je veux juste que tu comprennes mieux... »

C'était quelques mois avant la naissance d'Elna, la première fille de Chloé. Cette dernière lui annonce qu'elle a choisi de désigner marraine une amie d'enfance. Laurence reçoit la nouvelle comme une gifle. Pour elle, il était dans l'ordre des choses qu'elle assumerait ce rôle. C'était écrit dans le ciel. En lettres majuscules.

Cette naissance la remplissait de bonheur. Elle avait suivi assidûment la grossesse de sa sœur. À ses yeux, elle portait Elna avec Chloé. Les deux sœurs avaient parlé de la future naissance à satiété, des premiers pas, des premiers mots, des premiers vêtements, de toutes ces premières fois. Elles avaient choisi le prénom ensemble. Un prénom finlandais. «Grand-papa sera tellement heureux», disait Laurence, qui, même à distance, partie vers on ne sait quel plateau de tournage, s'informait chaque semaine de la santé de la mère et de l'enfant. Elle enviait sa sœur de vivre un bonheur aussi grand. Sa vie ne serait plus jamais la même.

Chloé allait réécrire l'histoire des Charier. En mieux. Et moi je transcris, il le faut. Je transpose. Je m'imagine écrire ce qu'elle me raconte.

— J'ai décidé que Lisa serait la marraine. Tu es déjà la tante, non ? Ça ne te dérange pas ?

Sur le coup, Laurence encaisse sans broncher. Trop sonnée pour protester, dire le fond de sa pensée, trop émue pour même parler. Mais cet épisode la laisse blessée. C'est du Chloé tout craché d'imposer sa loi, sans même lui demander son avis. Elle a « décidé que Lisa serait la marraine ».

À quelques jours de l'accouchement, incapable de retenir plus longtemps ses émotions, Laurence éclate.

— Ça t'aurait vraiment dérangée de me demander si je voulais être la marraine ? Pourquoi tu ne m'as pas posé la question ? Tu le savais que ça m'aurait fait tellement plaisir...

— Je savais pas que tu y tenais tant que ça...

— Dans le fond, tu voulais te venger pour Léo, c'est ça ?

— Non, pas du tout ! Qu'est-ce que tu racontes...

— Tu savais que ça allait me faire de la peine.

— La vérité, c'est que je veux que la marraine d'Elna soit présente pour elle. Tu n'es jamais là.

— T'es méchante, Chloé.

— Non, je suis réaliste.

Quant à Simone Filppula-Charier, elle s'était promis qu'elle serait une grand-mère exemplaire, faute d'avoir été la mère qu'elle aurait voulu être. La maternité d'une de ses filles deviendrait une façon de réparer la calamité qu'avait été la sienne. Elle s'en voulait d'avoir manqué à ses devoirs.

Elle insistait pour dire à quel point la naissance d'un premier petit-enfant la comblerait de bonheur. Elle en était venue à croire que les états dépressifs qu'elle traversait depuis quelques années tiraient leur origine de ce vide à combler. « Je vais être tellement heureuse quand ça va arriver. » Elle en parlait jusqu'à harceler ses filles. La question est rapidement devenue un sujet de discorde aux yeux de Laurence, qui ne se voyait pas avoir un bébé là, maintenant. « Arrête, maman ! Je ne suis pas prête. Je commence ma carrière. Je ne ferai pas un enfant avec n'importe qui pour te faire plaisir. »

Dans l'esprit de Simone, la course était commencée. C'était à qui tomberait enceinte la première.

Ce sera Chloé la gagnante.

Quand Elna naît, Simone ne se contient plus de joie. Elle est enfin grand-mère. D'une petite fille, en plus. Sa réhabilitation peut enfin commencer. Elle avait tellement espéré ce moment, que l'une de ses filles lui donne une descendante qu'elle pourrait chérir, dorloter, promener, emmener au parc, tout ce qu'elle avait négligé de faire avec ses propres filles.

L'enfant est venue au monde comme une lettre à la poste. En parfaite santé. Chloé était née pour enfanter, prétend Simone, qui n'en a que pour la petite Elna. SA petite Elna. « Elle a les mêmes yeux que moi. Je l'adore. C'est ma cocotte. »

Laurence se sent effacée de ce tourbillon d'émotions, de ce nouveau noyau familial qui se fortifie chaque jour un peu plus et dont elle est absente. Elle appelle pour prendre des nouvelles. Pour féliciter la grand-mère et la mère.

« Je suis avec vous. Je vous aime. »

Mais le clan se désintéresse d'elle. Il se fout de ce qu'elle pense, de ce qu'elle vit. Elle est à 4000 kilomètres de distance. Elle est rayée de la carte. Sa carrière l'accapare tout entière. La fiction pour elle, la réalité pour nous.

Cette nouvelle histoire s'écrit sans elle. On l'efface de ce film où elle a longtemps tenu le premier rôle. Pour la première fois de sa vie, elle n'est pas la vedette.

Avant la naissance de son deuxième enfant, Chloé lui propose cette fois-ci d'être la marraine. Laurence refuse sur-le-champ. « Tu sais, ce serait préférable que tu choisisses quelqu'un d'autre. Moi, je ne suis jamais là. Tu me l'as répété assez souvent. »

Son déballage conclu, Laurence m'a regardé longuement. « Tu veux encore raconter mon histoire ? T'es sûr ? »

Je n'ai pas répondu. J'ai détourné le regard. Et elle a coupé la communication.

Lâchement, je refuse de lui dire la vérité.

Que je ne sais plus ce que j'écris.

Plus ce que je fais.

Plus ce que je sais.

Je reste une fois de plus à jongler avec le secret. Je suis le vase communicant de son ressentiment. La voilà libérée, me voilà séquestré.

J'étouffe. Je ne me contiens plus. Je déborde de la détresse des autres.

Je me regarde dans le miroir. Mes lunettes sont sales. Mon visage a la couleur d'un ciel de pluie.

Je prends la bouteille de St-Leger, jamais loin, m'en verse un verre que je bois à lampées courtes et rapides. M'en sers aussitôt un deuxième, que je termine de la même façon. Entre les deux, rien, que le désir de sentir la chaleur monter en moi.

Je suis calme, je pense, et saoul, j'en suis sûr. Anesthésié de l'intérieur. J'ai du sable dans les yeux, la langue épaisse. Vos paupières sont lourdes, me chuchote l'illusionniste que j'entends quelque part dans ma tête. Si j'avais à parler, je chercherais tellement mes mots que mon interlocuteur m'abandonnerait à mon babillage.

Je suis bien, au fond. Plus rien ne peut m'arriver, sinon la fin du monde. C'est moi, monsieur Trompe-la-Mort.

Je vide mon verre.

Et si la solution, parce qu'il en faut toujours une, c'était de foutre le bordel ? De mettre en application ma propre théorie du chaos. À bien y penser, je n'ai jamais maîtrisé qu'une fraction de ce qui m'apparaît désormais incontrôlable.

J'ai gardé en mémoire tout ce qui égratigne dans cette bio, chaque passage que je jugeais impubliable, les chapitres censurés, les interdits, les scories, les écueils, les blessures du cœur, les aveux étouffés, les confessions toxiques qu'entretiennent les deux sœurs, la *sextape*, les trahisons de Laurence, de Chloé, les sentiments errants, abandonnés à eux-mêmes, ce ramassis de vérités trop difficiles à regarder en face, tout, tout, tout ce qui chie, dérape, déconne et fait la qualité d'une bio, une vraie, une honnête, une valeureuse.

Ce dossier porte un nom auquel je m'identifie : *Rejets*. Je vais l'envoyer à tous les destinataires qui le méritent, Laurence, Chloé, Catherine, Mousseau.

Je remplis mon verre de courage.

Je n'ai plus rien à perdre. J'ai déjà tout perdu : mon orgueil, le respect, ce qu'il me restait de talent.

J'accompagne mon envoi d'une courte note : « Cette bio serait bien meilleure si tout le monde disait ce qu'il pense vraiment. Moi, le premier. Bonne lecture ! »

Je prends une énième gorgée de ce whisky des grands soirs.

Je lève mon majeur à l'index.

Je me fraie un chemin à la dynamite. Boum, kaboum, reboum ! J'exhibe avec fierté ma ceinture de chapitres explosifs. Je fais tomber les interdits. Plus de guérite, plus de garde-fous. Je suis un camion-citerne ivre, rempli de matières toxiques, dévalant une pente sans frein.

J'appuie sur la touche fatidique.

Je ne vois plus rien.

Hiroshima.

Bouton rouge.

Je suis la navette Challenger.

Pulvérisée en plein vol.

Oreilles de lapin.

Je pars en fumée.

49.

Je me réveille. Il est déjà trop tard.

Je crains le pire. Et ce n'est sans doute pas encore assez.

Terré chez moi, j'attends le tremblement de terre que j'ai provoqué.

Qu'est-ce que j'ai fait? Qu'est-ce qui m'a pris? Pourquoi j'ai envoyé ces chapitres maudits?

Je m'en veux.

Je me croyais invincible, me voilà, ce matin, paralytique.

Je dépose mon antidépresseur juste là, dans ma cuiller à café. Je l'observe sans le prendre. Il est comme moi. Seul.

Je pourrais me confondre en excuses, demander pardon, me servir de ma dépression comme alibi. Impossible de revenir en arrière. Cet épisode-là, je ne peux pas le réécrire. Il est avéré.

Laurence ne voudra plus jamais me parler. J'ai rompu le lien de confiance qui nous unissait. Le contrat est déchiré en mille morceaux. Je l'ai trahie.

J'ai signé mon suicide professionnel.

Ma tête est mise à prix.

Chloé a maintenant les armes pour me fusiller.

La première secousse vient de Mousseau. Il est au bout du fil à rugir.

— Es-tu malade, Philippe!

— Oui. Oui. Je sais.

— Tu veux tout faire dérailler.

— Tout était déjà en train de dérailler.

— C'est toi qui dérailles ! On avait trouvé notre vitesse de croisière. Ça roulait. Tout le monde était content. Pourquoi tu veux tout foutre en l'air ? Arrête de boire, Philippe, c'est le meilleur conseil que je puisse te donner.

— Tu vas pas me dire comment je dois mener ma vie…

— Si ça concerne la business, oui. Tu ne peux pas écrire ce que Laurence t'a demandé de taire. Je ne vais pas te montrer comment faire ton travail.

— C'est ce que tout le monde fait…

— Regarde, tu remets ces beaux chapitres dans ton coffre, tu le refermes à double tour, et tu jettes la clé. C'est compris !? Et moi, j'essaie de parler à Steinbeck pour la calmer.

Il a raison. Oui, la raison. J'essaie de m'en faire une, moi aussi. *Damage control.* Limitons les dégâts. L'important, c'est que ces mots n'échappent pas à notre cercle restreint.

Au fond, il n'est rien arrivé. J'ai juste commis une erreur de jugement.

Je prends mon antidépresseur.

50.

La piscine est vide.

Je cherche autour de moi. Personne. Je retourne dans le vestiaire, regarde dans les douches.

Yannis n'est pas là. Je panique.

Il ne peut pas ne pas être là. Il est toujours là, le dimanche, Yannis.

Il est peut-être mort.

Non, Yannis ne meurt pas.

Yannis est un dieu grec. Il est immortel.

Il n'a pas le droit de me faire ça. De disparaître. Pas maintenant. Ce n'est pas le moment. Je ne suis pas prêt.

Je demande au sauveteur imberbe s'il a vu le vieux monsieur qui ressemble à un capitaine de bateau. Il sait de qui je parle. Du haut de sa chaise, il me répond que non, n'en fait pas un cas.

Son absence est un message qu'il m'envoie. « Débrouille-toi, Philippe. Tu ne peux pas toujours compter sur les autres. Il va falloir que tu t'en sortes tout seul. La solution est en toi. »

J'entre dans l'eau en pleurant. La piscine avale mes larmes.

On peut pleurer toutes les larmes de son corps sous l'eau, personne ne les voit.

J'étire les bras le plus loin possible devant moi, puis les ramène le long de mon corps, dans un mouvement circulaire. Dans le même temps, je sors la tête pour prendre mon inspiration.

Je suis sain et sauf.

Je vais boire de l'ouzo ce soir. Beaucoup. Jusqu'à parler grec.

En revenant à l'appartement, j'appelle François. J'ai besoin d'entendre sa voix.

Il a le don de m'apaiser.

J'ai du mal à évaluer les dommages collatéraux de mon envoi kamikaze. Le silence de Catherine n'augure rien de bon. Ce n'est pas dans ses habitudes de se taire.

Il répond qu'il arrive.

À sa demande, en lui faisant promettre le silence, je lui ai envoyé les chapitres incriminants.

Il n'a pas encore mis le pied dans le salon qu'il me lance :

— *Man*, c'est du bonbon, ton affaire. Ça se lit comme un roman.

Il a adoré. Je ne sais plus quoi penser.

— T'as su les derniers développements ?

Non, je n'ai pas su les derniers développements.

— Il y a eu du coulage.

Une fuite, relayée sur les réseaux sociaux, a révélé l'existence de la *sextape* de Laurence.

— T'es en train de casser l'Internet, *man* ! crie-t-il en riant. Un petit scandale bien juteux, on crache pas là-dessus. Ce ne sera pas le premier, pas le dernier. Toutes ces petites vedettes gâtées pourries ont besoin d'être ramenées sur Terre.

On révèle également qu'une bio est en train de s'écrire, et que j'en suis l'auteur.

— Oui, mais c'est ma réputation qui est en jeu.

Mon téléphone sonne. Un numéro aux États-Unis. Je ne réponds pas. On me cherche. On veut me cuisiner.

François voit mon désarroi.

— Capote pas ! Ça va s'arranger. Vingt-quatre heures, et on passe à un autre appel. Tu le sais. T'es encore journaliste.

Qui a laissé fuiter cette information ? Catherine ? Chloé ? Aucune ne s'est manifestée. On va peut-être croire que c'est moi.

Et si l'histoire de la *sextape* a coulé, le reste pourrait suivre.

La colère sourd. Je peux l'entendre d'ici.

François part en coup de vent. Le travail.

Et si c'était lui qui avait coulé l'information ?

J'ouvre la bouteille d'ouzo en paranoïant, me verse un verre d'anthologie et le lève à la santé de Yannis.

La nuit sera noire et anisée.

51.

Le vent siffle par la fenêtre entrouverte. J'ai la bouche sèche. Je reste quelques minutes dans mon lit. Le soleil brille. Je reviens sur Terre. Les hirondelles gazouillent trop fort pour le mal de tête que j'ai. On dirait qu'elles se glorifient d'annoncer ce printemps hâtif.

Je me lève en me grattant le grain de beauté que j'ai au bas du dos. Je vais faire pipi. Me regarde dans la glace. J'ai les yeux bouffis d'un bébé qui vient de naître. Je m'assois à la table de la cuisine. Démarre la cafetière. Réveille mon portable, consulte les actualités. Les gestes machinaux du matin.

Et là.

La nouvelle me saute au visage. Tout s'obscurcit. La tête me tourne. Mes genoux fléchissent.

Non, c'est pas vrai. C'est pas vrai, que je me répète.

Je laisse tomber mon téléphone, puis le reprends dans la seconde. Je relis le grand titre : « Laurence Stewart, gravement blessée ». J'ai peur de lire les premières lignes de l'article.

« Vers 22 heures, Laurence Stewart a été transportée d'urgence à l'hôpital de Saint-Jérôme, puis transférée au CHUM pour y soigner des brûlures majeures au visage. C'est sa sœur, Chloé Charier, présente sur les lieux du drame, qui a fait la découverte et appelé les secours. On ne craint pas pour la vie de l'actrice. La police n'écarte pas pour l'instant l'hypothèse d'une tentative d'homicide. »

Tout se bouscule dans ma tête. Suis-je responsable de cet attentat ? Un fan a-t-il perdu la boule à la suite du coulage sur le Web ? Suis-je coupable par groupie interposé ? Laurence a-t-elle tenté de se suicider en mesurant les conséquences désastreuses sur sa carrière des révélations que j'ai étalées sur la place publique ?

Je marche dans tous les sens. L'appartement est un tunnel dont je ne vois pas le bout. Je ne sais pas à quel meuble m'accrocher pour ne pas tomber. J'appelle qui, je fais quoi ? La terre s'ouvre sous mes pieds. Je prends la bouteille d'ouzo qui traîne encore sur la table et bois une gorgée au goulot.

J'envoie un texto à Chloé.

« ????????????????????????????????? »

Je pianote de façon compulsive, sans pouvoir m'arrêter. Des dizaines de points d'incompréhension.

Elle ne répond pas.

Chloé n'a pas pu commettre un geste pareil. C'est insensé. Je revois ces femmes brûlées à l'acide par des pères, des frères, des maris, et dont la seule faute est de vouloir s'émanciper. Sortir du rang. Je nage en pleine confusion. Je participe à ce drame. J'y suis mêlé de si près que je le sens souffler dans mon cou.

Je me fais un café. J'attends.

Je relis le courriel prémonitoire que Chloé m'a envoyé il y a quelques jours.

Laurence n'est pas aussi solide qu'elle le prétend. Pas aussi détachée qu'elle ne le laisse paraître. Elle a ses failles. Surtout en ce moment. Je veux la protéger, j'ai peur pour elle. Je l'aime tellement.

Peur de quoi ? Peur de qui ?

Je n'entends plus rien. Je ne crois plus personne.

Mon portable vibre. C'est Mousseau. Il a lu la même nouvelle que le monde entier. Il est surexcité, comme un enfant qui a mangé trop de chocolat. « T'as vu ? Wow, imagine deux secondes la chance qu'on a ! » J'ai beau lui expliquer que Laurence ne voudra pas aller plus loin, que Catherine Steinbeck va mettre le holà, que cette histoire vient de connaître son dénouement, il n'en démord pas. Il veut sa bio coûte que coûte, autorisée ou non. Il m'a fait une avance importante, que j'ai dépensée, et m'ordonne de livrer la marchandise.

— On va se l'arracher, ce livre. Tu es dans l'œil de la tornade. Tu connais tous les protagonistes. Tu as rencontré la sœur de Laurence plusieurs fois. Sa sœur, là, l'autre Charier, elle était là quand le drame s'est produit. Le monde veut savoir.

— On peut pas publier ça. C'est complètement indécent.

— Arrête avec ta morale !

— T'as pensé aux poursuites ?

— Laurence ne peut pas me poursuivre. Elle a signé un contrat.

— Non, je ne peux pas. Il y a des limites.

— On va en vendre des *containers* complets, penses-y. Tu vas être millionnaire, Phil.

Je ne dis rien.

52.

Tout s'écroule, me glisse entre les doigts. Ma santé. Mon amour-propre. Je peux les entendre tomber autour de moi. Ils font tellement de bruit en s'écrasant que je n'arrive plus à dormir.

Je m'effondre à mon tour. Je me noie au fond de moi-même. J'avance sur la banquise, sans savoir quand la glace va céder et m'avaler pour de bon.

Je devrais demander de l'aide. J'ai pourtant l'impression de me consacrer à longueur de journée, de semaine, d'année, à appeler au secours. Je ne dois pas hurler assez fort. Assez bien. Mon cri est un râle inoffensif.

Il faut que je sorte de mon corps. Que je me libère de moi-même.

J'arrive à la frontière américaine. Le douanier me demande où je vais. Je ne sais pas. Je n'ai rien planifié. Je ne sais même pas ce que je fais là. Je dis la première ville qui me vient à l'esprit. « Vergennes, Vermont. » Oui, c'est ça, je vais à Vergennes. C'est un beau village, Vergennes. J'y suis allé une fois avec mon ex en week-end d'amoureux. Je devrais m'installer à Vergennes. On croirait un village de poupée. La rue principale est bordée de boutiques charmantes aux devantures de bois ; un peu plus haut sur la rue, l'hôtel de ville en briques rouges fait office de maison d'opéra, et plus bas, les chutes et la rivière Otter Creek, impétueuses, vont se jeter dans le lac Champlain. C'est charmant, Vergennes, quand on est désespéré.

Le douanier me questionne sur les raisons de mon séjour. Pourquoi je lui dirais que je ne sais pas, que je suis perdu, que c'est le dernier de mes soucis ? Que je déraisonne. Pour écrire, me retrouver, m'enlever la vie ? Il n'a pas à le savoir. Nous ne sommes pas des intimes. « *Holidays.* » *How long ?* Le temps que ça prendra. Deux heures, deux jours, deux ans. « *For the week-end.* »

Il me fait signe d'avancer.

Je roule. Tout droit. La route est belle et lisse aux États.

Dans la chambre d'un *bed and breakfast* qui embaume la cannelle des muffins du matin, j'ouvre la télé, à défaut de contempler le papier peint Laura Ashley défraîchi. J'appuie frénétiquement sur la télécommande. Les postes défilent par dizaines, les images, par centaines. Je m'arrête sur un film en noir et blanc, coupant court à l'orgie de couleurs que je viens de traverser. *What Ever Happened to Baby Jane*, un classique du cinéma américain que je n'ai jamais vu.

Bette Davis. Joan Crawford. Les deux actrices se détestaient à s'en confesser dans la vraie vie. Le film raconte l'histoire de Blanche, une ancienne gloire du cinéma, maintenant handicapée et qui, séquestrée par sa sœur, essaie de se sauver et d'alerter les autorités sans jamais y parvenir.

Même si la mise en scène ne s'encombre pas de vraisemblance, jusqu'à donner des scènes risibles, pourtant tournées dans le but d'inspirer le contraire, Bette Davis demeure terrifiante. Dans le rôle de Blanche, Joan Crawford est d'une candeur tellement incandescente qu'on ne peut que la prendre en pitié.

Je pianote sur mon portable pour en savoir plus long.

C'est Davis, la détraquée aux yeux révulsés, qui obtient la nomination aux Oscars.

La méchante a gagné. Celle qui fait souffrir sa sœur. On se souvient des méchants, rarement des gentils. Joan Crawford lui en voudra pour le reste de ses jours.

Bette et Joan. Chloé et Laurence.

Je crois rêver.

Je sors respirer. L'air du Vermont est chargé de soufre.

Je marche dans les rues. Je suis le fantôme de Philippe Vallières. Les villageois se retournent sur mon passage. Je suis étranger à moi-même.

Je veux rentrer. Je ne suis pas le bienvenu ici.

Vergennes n'a de beau que le nom.

53.

L'hôpital est une ruche où chaque membre du personnel semble savoir où il va et ce qu'il a à faire. Seuls les visiteurs, facilement reconnaissables, traînent ici et là en touristes, dans l'espoir de trouver, au détour d'un corridor ou dissimulé derrière une porte, un proche, un ami, une sœur, un père, et l'accompagnant, une nouvelle bonne ou mauvaise qui leur permettra de continuer d'espérer.

Devant la chambre, un gardien de sécurité format dix-huit roues, fait le pied de grue. N'entre pas qui veut. Je me nomme. Il me demande une pièce d'identité et consulte une liste où figurent une dizaine de noms griffonnés à la main. Je lui pointe du doigt le mien, parce qu'il ne lit pas aussi vite que moi. Son métier, c'est de garder, pas de lire.

J'entre dans la chambre sans faire de bruit. Laurence est redressée dans son lit. Avec son bandage enroulé autour de la tête, elle ressemble à l'homme invisible. Celui de la série télévisée des années 1960. Il ne lui manque que le feutre et les lunettes fumées pour achever le portrait. Je suis impressionné. J'ai du mal à rester calme. Autant Laurence semble posée, autant je bouillonne de l'intérieur.

En me voyant, elle laisse tomber sur ses cuisses le magazine qu'elle feuilletait.

Je m'approche du lit, au ralenti.

— Comment vas-tu ?

— Comme tu vois. Brûlée.

J'ai du mal à décoder ce qu'elle ressent. Ses yeux et sa bouche sont mes seuls repères.

— Tu souffres beaucoup ?

— Ils me bourrent de médicaments.

— C'est tellement malheureux ce qui est arrivé…

— Tu parles de quoi ? De mes blessures ou du coulage de tes chapitres de merde sur les réseaux sociaux ?

— C'est parce que je…

— Si je t'ai permis d'entrer, c'est pour le plaisir de te mettre à la porte. Tu ne peux pas savoir à quel point je suis déçue de toi. Tu m'as trahie, Philippe.

— Je sais, Laurence. Je suis venu m'excuser. Je ne sais pas ce qui m'a pris. J'avais bu…

— Il est un peu tard pour s'excuser. Je pensais que nous avions une entente. Comment veux-tu que je te fasse de nouveau confiance ?

— Je suis tellement désolé. Qu'est-ce que je peux faire pour me faire pardonner ?

— Commence par quitter cette chambre, puis cet hôpital. Ne te retourne pas. C'est le mieux que tu puisses faire. À partir de là, une chose est sûre : je vais me sentir beaucoup mieux.

— Écoute, tout va finir par…

— Je n'ai pas à t'écouter. Je t'ai demandé de partir, Philippe.

54.

J'ai peur de sortir de mon appartement. Le monde entier rugit à mes portes.

Je regarde mes photos d'enfance, rangées dans une boîte à chaussures. À l'époque, elle contenait les escarpins favoris de ma mère. Les crème, aux talons tellement effilés qu'ils auraient pu transpercer le cœur d'un homme.

Francine, c'était son nom, était une élégante. Elle n'avait que ça à faire dans la vie, être élégante. Parfaitement coiffée et maquillée, à 8 heures du matin ou du soir, ma mère était passée à côté du féminisme sans le voir. Refusant même de le considérer. Elle n'avait étudié la psychologie que pour la forme ; au fond, elle n'aspirait qu'à être ce qu'elle est devenue : une femme au foyer, propre et parfaitement entretenue. Mais encore là, ce n'est qu'une partie de la vérité : elle ne faisait rien de ses dix doigts, sinon les manucurer, laissant à Mona, notre nounou, le soin de s'occuper des enfants et des tâches domestiques.

Sa fonction à elle, c'était de parader. De suivre son mari dans des soirées où des hommes d'affaires et des politiciens influents redessinaient la carte du monde. Madame Vallières était le trophée de mon père, et pareille à tous les trophées, elle était lisse, froide et faite pour être admirée.

Je n'ai jamais su si elle m'aimait. Je ne garde aucun souvenir d'elle me tenant par la main ou dans ses bras. Elle est morte prématurément d'un cancer du cerveau. J'avais 11 ans. C'est à peine si j'ai remarqué qu'elle avait disparu.

« Tiens, maman n'est plus là. Il va falloir que j'aille demander mon argent de poche à papa. »

Je tombe sur la fameuse photo de mon père et de moi au centre-ville de Montréal. Elle est fameuse parce qu'il n'en existe qu'une de nous deux seuls ensemble. Habillé façon gangster, veston double boutonnage, cravate noire, il tient une cigarette dans sa main droite. On dirait Humphrey Bogart. Je devais avoir quatre ans, je suis accroché à sa jambe, de peur qu'il s'envole encore une fois. Il ne semble pas se soucier de ma présence, portant son regard vers l'horizon. Comme d'habitude, il était au-dessus de ses affaires, et des miennes.

Sur cette autre photo, je porte un chapeau et des bottes de cowboy. Je suis appuyé à une clôture de bois, à moitié tourné de dos, et je pleure. Je ne voulais pas être pris en photo. Jamais. À moins d'être caché derrière quelqu'un. Sur toutes les photos, on ne voit de moi que des parcelles de corps, de visage. Toujours incomplet.

Enfant sauvage, égaré dans un milieu cruel qui se prétendait civilisé, je n'étais bien qu'une fois seul. Je pouvais jouer des heures dans ma tête, échafaudant des histoires à dormir debout, cherchant en moi les ressorts nécessaires à mon bonheur.

Mes sœurs, plus vieilles, jouaient de leur côté à des jeux que je ne comprenais pas. Elles formaient un clan à l'intérieur du clan, et la présence de ce petit frère était plus encombrante qu'autre chose pour elles. J'ai appris à prendre mon trou. À le creuser patiemment dans la fuite des jours.

Quand je commençais à étouffer dans ma chambre, je sortais jouer au baseball. Mon plus fidèle compagnon de jeu, c'était le mur de la maison. Cela m'évitait de négocier avec mon frère les règles d'une partie que j'étais sûr de perdre. Ou d'avoir à inviter chez moi des garçons de mon âge et à entretenir des conversations futiles dont je n'aurais tiré que de l'agacement. Le mur ne parlait pas.

La cour était petite et asphaltée. Je me sentais bien dans cette prison dont je pouvais sortir à loisir. Entourée de trois murs, ceux du garage, de la maison et du voisin. Je préférais celui du voisin, il était aussi haut que large, me faisait de l'ombre quand le soleil de midi menaçait de m'aveugler. Son crépi était parfaitement lisse. Cette absence d'aspérités me garantissait un retour précis des balles que je lui envoyais.

Je lançais la balle une fois, deux fois, trois fois, cent fois. Et le mur me la retournait à coup sûr. Aucun reproche à lui faire. Je ne lui demandais rien d'autre que de renvoyer la balle de caoutchouc, et il s'exécutait à la perfection.

Laurence a publié une photo d'elle sur Instagram, accompagné d'un commentaire. « *Mummy lives forever. Doing well*, les amis ! »

Plus de 2 millions de *likes* jusqu'ici.

The show must go on.

55.

J'ouvre les yeux dans le noir.

J'entre dans la maison d'Antoine sans cogner, il s'autorise bien à le faire chez moi. S'il se donne cette permission, pourquoi moi, je m'en priverais ? Parce que c'est un homme important ? Il ne m'en voudra pas, je suis son frère, après tout.

Quelle heure est-il ? Tard, je crois.

Si j'ai bu plus qu'à l'habitude ? Sans doute. Je ne m'en souviens pas. Ce n'est pas clair. Plus rien n'est clair. Est-ce que quelque chose l'a déjà été ? Mon disque dur est saturé, les vilaines pensées s'accumulent jusqu'à former une boule de haine.

Je monte à l'étage sur la pointe des pieds. J'entends un chat miauler. Je déteste les chats, qui me le rendent bien.

Je veux juste lui faire peur. Le surprendre. C'était sa spécialité quand j'étais petit. Il entrait dans ma chambre en hurlant comme un loup. Ou en brandissant un sabre de corsaire, les yeux exorbités. « Je vais te décapiter ! » criait-il avant de se jeter sur moi.

J'ouvre la porte de sa chambre, tout doucement. Il est couché dans son lit. Sa femme dort ailleurs. Peut-être même dans une autre maison. Ils ne dorment plus ensemble depuis longtemps. Ont-ils déjà couché ensemble ? Je vois mal mon frère faire l'amour.

Qui voudrait dormir avec Antoine Vallières, au fond ? Je me le demande. Antoine couche avec lui-même. C'est lui qu'il aime.

Je m'assois dans un fauteuil, dans la pénombre, et le regarde dormir un moment. Les rideaux sont entrouverts, et la lune fait office de luminaire. Vu d'ici, les yeux fermés, dans une position fœtale, il aurait presque l'air d'un ange si ce n'était de son ronflement animal. Je ne l'aime que quand il dort. Quand il se tait.

Je m'approche de lui, ramasse un oreiller qui traîne à terre et m'assois au bord du lit.

Mon frère entrouvre les yeux, et me regarde, ahuri. On croirait qu'il a vu le diable en personne.

— Bonsoir, Antoine.

— Qu'est-ce que tu fais là !?

— J'suis venu te faire une surprise.

Je me jette sur lui et plaque l'oreiller sur sa tête.

Je réussis à le maintenir couché, même s'il se débat. C'est fou, j'ai toujours pensé qu'il était plus fort que moi. Depuis que je suis tout petit, je le pense. C'était toujours le plus fort. Quand il me balançait des claques derrière la tête… Quand il me faisait trébucher dans la neige… Quand il me marchait volontairement sur la main lorsque je ramassais mes petits soldats… Eh bien non, pas ce soir. J'ai bien peur d'avoir le dessus.

Je l'ai pris par surprise. Il continue de se débattre. Je me sers de tout mon corps pour l'immobiliser. Je suis littéralement couché sur lui. J'appuie l'oreiller plus fort encore.

C'est un bon oreiller de plumes, épais, compact, bien rembourré. J'entends son cri étouffé.

Les secondes passent. Je retire l'oreiller. Il ne bouge plus.

Je n'ai pas commis l'irréparable.

Il joue la comédie. C'est un politicien.

Il ment tellement bien qu'on le croit.

Il ment comme il respire. S'il respire.

Même moi, je pourrais croire qu'il est mort asphyxié.

La pensée me hante.

Je me retourne dans mon lit, ferme les yeux et essaie de mûrir autre chose, en desserrant les poings.

56.

Catherine Steinbeck a pris le premier avion pour se précipiter au chevet de sa protégée. Elle m'envoie un message ordonnant une rencontre « afin de faire le point au plus vite ». Y a-t-il façon plus réfrigérante de résumer le drame que nous traversons ?

Elle me convoque à son hôtel du Vieux-Montréal. J'y vais à reculons. Il y a d'abord l'envoi des chapitres, ce hara-kiri professionnel dont je ne mesure pas encore les conséquences et auquel elle n'a toujours pas réagi. J'appréhende le krach. Et puis, notre dernière conversation au sujet de mes choix éditoriaux m'est restée en travers de la gorge. Mais ai-je vraiment le choix de me manifester ? Je ne peux pas faire abstraction d'elle, alors que l'inverse est tout à fait concevable.

Je ne suis pas bien. J'ai l'air d'un mort-vivant. Mon corps ne répond plus. J'ai la tête remplie d'araignées. Je dors trois ou quatre heures par nuit. Je me traîne d'un verre à l'autre, d'un paragraphe au suivant. Mes pensées se percutent et s'entredévorent. Je ne sais pas comment je vais faire pour tenir le coup. Je suis tellement fatigué que je n'ai même plus la force de m'endormir. Je porte cette bio comme une croix. Vais-je me rendre à destination ? Rien n'est moins sûr. Je marche dans les limbes. Laurence, mon sujet, mon pain, mon beurre, mon obsession, m'a rayé de la carte. Et Chloé qui joue aux abonnés absents.

Je retrouve Catherine à la salle à manger devant une bouteille d'eau pétillante. Je sens des gouttes de sueur couler dans mon dos. J'ai peur qu'elle me lessive, m'essore, me torde et me jette dans la chute à linge sale. Si Catherine décide de me virer, je lui répondrai avec toute la délicatesse du monde : merci.

Je suis au bord de la crise de panique. Elle se lève à mon arrivée, me fait la bise, me gratifie d'un sourire. Je suis surpris. Je pensais rencontrer mon bourreau. « Philippe, tu as l'air bien. » Elle veut paraître aimable. J'ai l'air d'un déchet. Que se passe-t-il ? Ai-je pigé la bonne Catherine ? Sa version odieuse est-elle restée à LA ?

— Tu veux boire quelque chose ? Un spritz, peut-être ?

— Je ne dis pas non.

Je recommence à respirer.

— J'ai vu Laurence ce matin. Elle va beaucoup mieux. Déjà.

— Très heureux de l'apprendre.

— Tu devines bien que tu as de l'or entre les mains. J'imagine que tu sais comment *spinner* cet incident-là. Je n'ai pas besoin de te faire un dessin. La petite sort grandie de cette épreuve. Une héroïne est née.

— Moi, je vois ça plutôt comme un drame. Je me demande même si je ne devrais pas tout laisser tomber.

— Tu n'es pas sérieux, Philippe !?

— Très.

— Attends, regardons les choses de façon positive. Laurence ne restera pas marquée physiquement. D'ici six mois, rien n'y paraîtra plus. Elle n'est que la malheureuse victime d'un bête accident. L'histoire est belle, non ? Elle finit bien, on en conclut que Laurence est une battante.

— Je n'ai pas la même interprétation que toi. Cette histoire est malsaine.

— Pfff ! T'imagines le capital de sympathie que Laurence a récolté au passage ? C'est inouï, toute cette publicité gratuite. On ne parlait que de ça à Hollywood la semaine dernière. Le drame a noyé le coulage. Notre livre va se vendre comme des petits pains chauds. Et si tu es capable de le finir assez vite, on te garde l'exclusivité au sujet de l'accident. Parce que *People* et *Vanity Fair* sont déjà sur le coup. Ils sont prêts à payer le gros prix pour cette histoire.

— Je suis un peu dans la brume, je ne sais plus quoi penser. J'ai l'impression que cette biographie est sur le respirateur artificiel. Et maintenant, cet accident, si c'est un accident…

— Nous allons le raconter à notre façon, cet accident, en échafaudant le scénario ensemble, comme dans les bons films. Sans coupable. Juste le mauvais sort qui frappe. La chance dans la malchance. Le mal pour un bien. Et si ça peut te rassurer, je voulais te dire : ils sont très bien tes derniers chapitres, Philippe.

— Tu trouves ?

— Absolument. Tu as trouvé ta vitesse de croisière. C'est enlevant, bien ficelé. On sent plus ta présence. Faut doser, mais la rivalité entre les deux sœurs, c'est très bien. Du *human* ! Du *human* ! Il n'y a que ça de vrai.

— Oui, mais le coulage…

— Une *sextape*, la jalousie d'une sœur, une mère maboule, on ne s'énervera pas avec ça. Si ça se trouve, cette fuite prépare à merveille le terrain pour la bio. Faut nourrir la bête, Philippe.

— On ne sait plus, des fois. Je suis tellement fatigué en ce moment. Tu devrais parler à Laurence ; elle ne peut plus me voir en peinture.

— Bien sûr. J'ai déjà commencé à recoller les pots cassés.

— C'est gentil. Je ne savais plus comment rattraper ma maladresse.

— Tu sais, on pourrait la finir ensemble, cette bio. J'ai toujours rêvé d'écrire. Je suis un peu jalouse des écrivains, j'avoue.

— Je ne crois pas que ce soit une bonne idée. Je ne suis pas un débutant. Je n'ai besoin ni de toi, ni de personne d'autre pour me souffler les réponses.

— Non, bien sûr. Je disais ça en passant. J'ai une assez belle plume, tu sais.

— Je n'en doute pas. Tu as tous les talents, Catherine.

Elle se met à rire très fort. Assez pour que nos voisins de table se retournent. Le serveur revient avec mon spritz. Catherine approche son verre et le cogne au mien.

— *Cheers*, Philippe. Tu vas voir, on va accoucher d'un beau bébé ensemble.

57.

Chloé a fini par me rappeler. « Tu veux me voir ? Je n'ai rien à dire », me prévient-elle d'une voix monocorde. Je laisse passer quelques secondes.

— Même pas à moi ?

— Surtout pas à toi.

— Moi, je veux te voir. Et si tu ne veux pas parler, c'est moi qui parlerai.

À force de parlementer, elle baisse la garde. Je m'empresse de lui donner rendez-vous avant qu'elle ne raccroche. Pourquoi tant de méfiance ? Qu'a-t-elle à se reprocher ? Si elle était blanche comme neige, si elle était étrangère au coulage ou au drame qui s'est joué ce soir-là, pourquoi se montre-t-elle aussi rétive ?

Je ne cherche pas de coupable, je cherche la vérité.

Je l'aperçois, assise sagement au fond du hall, son sac à main déposé sur ses cuisses. Elle porte des lunettes fumées, les mêmes que sa sœur. Elle n'a pas pris le temps de détacher son trench, dont la ceinture reste fermement nouée. Elle est déjà prête à prendre ses jambes à son cou.

En la voyant devant moi, en chair et en os, je ne sais plus exactement ce qui m'amène. L'affection que j'éprouve encore pour elle ? La curiosité morbide ? La conscience professionnelle ? Un peu tout ça, sans doute.

Je lui dis bonjour. Elle ne répond pas. Elle fuit mon regard. Je suis transparent. Je m'assois tout doucement, de crainte de la voir détaler comme une perdrix qu'on aurait effrayée.

— Tu veux boire quelque chose?

Elle répond sèchement que non. Je commande un verre de sauvignon. Le serveur au visage ingrat, qu'il essaie de dissimuler derrière un sourire déraisonnable, me l'apporte au pas de course. La situation me rappelle les froids interminables que mon ex et moi vivions, quand elle a appris mes infidélités. Ces phrases creuses, marmonnées, souvent inachevées. Ces banalités sous lesquelles grondent la douleur et la colère. Ces nuits d'insomnie où l'on guette le moindre mouvement de l'autre dans le lit. Ce silence de plomb que personne ne veut, par excès d'orgueil, briser en premier et qui empêche le peu d'amour qui reste de respirer.

Je sors mon portable, le dépose à égale distance entre nous, démarre le dictaphone. Je mets mes lunettes. Tous mes gestes sont précis et mécaniques. Je suis le chirurgien se préparant à jouer dans les chairs de la bête.

— Tu m'interviewes?

— Ça te dérange?

— Non. Pourquoi ça me dérangerait?

— Je sais pas. Tu es venue ici à reculons…

— Tu sais aussi bien que moi ce qui est arrivé.

— Non, pas vraiment, justement.

Elle détourne le regard.

— As-tu des nouvelles de ta sœur?

— Elle m'a seulement envoyé un texto en disant qu'elle voulait me voir.

— Tu veux que je t'en donne ?

— Si t'en as, oui.

— Elle va mieux. Son visage est encore enflé, mais il n'y a plus aucun risque d'infection. D'ici quelques mois, selon les médecins, la brûlure ne paraîtra plus.

— Je suis contente de l'apprendre.

Recroquevillée dans son fauteuil, Chloé ne cherche qu'à se défendre. Elle pense naïvement qu'en parlant le moins possible, cela la mettra à l'abri de l'évidence. Elle ne fait que retarder le moment de vérité. Sa voix est presque imperceptible. Je rapproche le micro d'elle.

— Qu'est-ce qui est arrivé, Chloé ?

— Rien… Un triste accident.

— Les policiers ont parlé de tentative d'homicide…

— J'ai tout dit aux policiers. Ils ont retenu ma version. Laurence a corroboré. Qu'est-ce que tu veux de plus ?

— Ce qui s'est vraiment produit ? Je ne dirai rien…

— Comme pour tes chapitres… Arrête le magnéto.

Je m'exécute.

— C'est toi qui as agressé ta sœur ?

— Je ne l'ai pas agressée. J'ai essayé de la protéger.

— De quoi ?

— De tout. Du monde dans lequel elle vit. D'elle-même. De Catherine. Du feu.

— Mais Laurence, elle, c'est ce qu'elle voulait : être protégée ?

— C'est elle qui ne voulait pas m'écouter.

— Comment, t'écouter ?

— Elle ne voulait pas revenir à la maison…

— Tu n'as plus cinq ans, Chloé.

— Si, j'ai encore cinq ans. Et 10. Et 20. Et 30 !

— Qu'est-ce qu'elle t'a fait ?

— C'est la plus belle. Je l'aime trop.

— C'est ça ta conception de l'amour ? Trop aimer, ce n'est pas une raison de défigurer quelqu'un.

— C'est moi la grande sœur. C'est moi la reine. C'est moi qui décide. Ça a toujours été comme ça entre nous.

— Tu te rends compte de ce que tu dis ?... Tu n'es pas bien, Chloé.

— On s'était tellement éloignées, ces dernières années.

— Mais là, tu l'as peut-être perdue...

— Papa est venu me consoler. Papa me console toujours quand j'ai de la peine. Il m'aime. Il m'a prise dans ses bras. Il m'a embrassée. Il m'a toujours aimée, surtout quand Laurence me faisait souffrir. Quand maman ne me regardait plus. Il me trouvait belle, lui. C'était moi la plus belle. Il me bécotait les yeux pour m'empêcher de pleurer.

— Laurence ne portera pas plainte. Tu le sais, je le sais. Mais il faut que tu te fasses soigner.

— Je sais, je suis vilaine.

58.

Quelques jours après le drame, Laurence publie sur les réseaux sociaux un *post* où elle dégage sa sœur de toute responsabilité. Mieux, Chloé l'aurait sauvée.

> Permettez-moi d'abord de vous remercier, mes amis, mes fans, du fond du cœur. Vos mots, votre chaleur, votre empathie pendant cette épreuve de ma vie me vont droit au cœur. Je ne pensais jamais recevoir autant d'amour.
>
> Il est important que vous sachiez que ma sœur n'est aucunement responsable de ce qui s'est produit, contrairement à ce que certains médias ont pu laisser entendre. C'était un accident. Chloé n'y est pour rien. Elle a même réussi à limiter les dégâts. J'adore ma sœur, et c'est réciproque. Je vous demanderais donc de ne pas la harceler. Elle se sent déjà assez coupable de n'avoir pu intervenir plus vite.
>
> Je me donne quelques mois de repos pour guérir mes plaies. Je vous donnerai des nouvelles de mes prochains projets et de la progression de ma guérison, c'est promis.
>
> *See you soon. Luv you,* mes koalas chéris !
>
> Laurence. xx

59.

C'est de cette façon que ça s'est passé, j'en suis sûr.

Dans ma tête, c'est comme si j'y étais.

Laurence est venue rencontrer un producteur montréalais qui tenait à lui parler de vive voix d'un projet de coproduction avec la France. Un film au budget pharaonique, avec un réalisateur de renommée et des pointures internationales à la clé.

Laurence ne sera au pays que quarante-huit heures. Apprenant la nouvelle, Chloé l'invite à passer la nuit au chalet qu'elle possède dans les Laurentides. Ce sera le rendez-vous de la grande réconciliation. « Une soirée entre sœurs, juste nous deux. Se mettre en pyjama, se coller, regarder un film, comme quand on était petites. »

Chloé se fait une fête de ces retrouvailles improvisées à la dernière minute. Elle a annulé les visites de maisons qu'elle avait planifiées. André va s'occuper des filles. « Laurence, tu peux pas refuser. J'ai tout organisé pour toi. »

Toujours le chantage. Chloé est passée maître dans l'art de culpabiliser.

Chloé vient la chercher en voiture à son hôtel. Il fait chaud. Près de 30 degrés Celsius. C'est exceptionnel pour une journée du début mai. Chloé est surexcitée. Laurence l'a rarement vue d'aussi bonne humeur. Elle doit être contente de me voir, songe-t-elle.

— As-tu pensé à apporter ton maillot? lui demande Chloé. On va pouvoir relaxer dans le Jacuzzi.

— Non.

— C'est pas grave. Je vais te passer un des miens. On doit faire encore la même taille, non?

— Sûrement.

Elles arrivent au chalet sur les coups de midi et passent l'après-midi à lézarder au soleil. Une bénédiction à ce temps-ci de l'année. La nature reprend ses droits. On pourrait presque entendre les bourgeons éclater. Elles se remémorent des souvenirs. La fois où elles avaient fait fumer un crapaud. Quand Kiki a été malade «comme un chien» après avoir mangé tous les biscuits Feuilles d'érable, l'emballage avec.

Ou encore, l'arrivée du trampoline. C'était le plus beau jour de leur vie. Plus beau que celui du départ au bord de la mer. Plus mémorable que le réveillon où le père Noël est entré par la cheminée. Ce cadeau était d'autant plus inouï qu'il était inattendu. Il est tombé du ciel, et les cadeaux qui tombent du ciel, généralement, sont les plus merveilleux.

Ça paraît banal dit comme ça, mais c'est la fin du monde à Sainte-Agathe, un trampoline. L'été ne sera plus jamais le même. Elles inventent des chorégraphies qu'elles se voient interpréter aux Jeux olympiques de Sydney, où la discipline sera admise pour la première fois.

Chloé verse un verre et le tend à sa sœur. Laurence, amusée par cet épisode dont elle avait oublié les détails, accepte le rosé avec plaisir.

— On est bien toutes les deux, dit Chloé.

— Là, oui. Très bien, répond-elle en souriant.

— Moi, je pourrais vivre ici le reste de mes jours. T'as pas envie de tout arrêter, toi, des fois ?

— Ça m'arrive.

— T'es heureuse ?

— Parfois, oui.

— Même en vivant loin d'ici ? Toujours dans tes valises, entre deux avions... T'as pas des projets de films au Québec ?

— Je travaille à Hollywood, Chloé. Faut que tu comprennes. On ne me propose plus rien ici. Le monde croit que je suis rendue trop *big*... Dans une autre ligue...

— Tu ne reviendras jamais ? Jamais, jamais ?

— Je ne sais pas. Pas pour l'instant. À part toi, tes filles et quelques amis, de moins en moins nombreux, il n'y a plus grand-chose qui me retient ici. J'appartiens à mon public, maintenant, c'est fou à dire. Mon public, c'est devenu comme mon pays. Il me suit partout où je vais. On est tellement connectés. Il en sait beaucoup sur moi, et ma bio va lui en révéler encore davantage.

— Oui, mais moi, je veux pas te perdre. Je veux que tu restes comme tu es. Ma petite Laurence d'amour. Celle que j'ai toujours connue.

Chloé lui propose de dormir à la belle étoile, en souvenir de leur jeunesse.

— T'es drôle.

— Oui, on va faire un feu, et on va s'installer avec nos sacs de couchage, pis regarder le ciel jusqu'à ce que nos yeux piquent et se ferment. Tu t'en souviens ?

Elles passent le reste de l'après-midi à parler de tout et de rien, de leur mère disparue, du grand-père Lasse, de son prochain rôle.

Laurence ne sentait pas chez sa sœur la moindre animosité. Chloé semblait ravie de la revoir, de passer du temps avec elle. On aurait dit que toutes les querelles, toutes les rancunes s'étaient évanouies dans la nature. Chloé et Laurence s'étaient retrouvées.

Elles se sont couchées sur le quai pour regarder le ballet frénétique des patineuses sur l'eau.

— Tu sais le vrai nom des patineuses ? demande Chloé.

— Non…

— Des gerris. Elles me font penser à toi.

— Pourquoi ?

— Je sais pas… Elles se promènent dans tous les sens, sans logique apparente. Elles sont libres. Élégantes. Fascinantes.

Après le repas, elles sortent. Chloé allume le feu. Elle n'a pas perdu la main. Rapidement, les flammes montent vers le ciel. Laurence termine son verre de vin. Elle rit. Elle est bien. Ce n'est qu'avec sa grande sœur qu'elle peut être vraiment elle-même.

Elles discutent de tout et de rien, puis se laissent tranquillement gagner par le silence de la nuit. Chloé part chercher les sacs de couchage. Laurence est fatiguée. Le vol de la soirée précédente était crevant, et cette journée au grand air l'a achevée.

Chloé alimente le feu. Elle regarde sa sœur. Elle ressemble à une madone, maintenant qu'elle a décidé de laisser repousser ses cheveux.

Elle s'empare d'une branche dont elle enfonce l'extrémité dans la braise, la retire, puis la remet au plus creux du feu. Elle la retire de nouveau pour y planter une guimauve qu'elle entre au cœur du brasier. Elle approche la guimauve enflammée du visage de sa sœur, assez près pour distinguer la douceur de ses traits, l'ovale parfait de son visage, la courbe de son nez effilé, ses lèvres appétissantes qui font craquer tous les hommes de la Terre, ses cils longs comme des pattes de gerris.

Laurence se réveille en hurlant.

Chloé se précipite sur elle pour éteindre le feu qui lui brûle les cheveux et s'attaque à son visage.

60.

À sa demande, je rejoins Laurence en pleine forêt, dans un chalet de bois rond, moitié spa, moitié clinique, où elle entend poursuivre sa convalescence. Je lui apporte un bouquet de tulipes jaunes, bucolique hommage à ce printemps qui a épuisé les blancs de l'hiver en moins de temps qu'il n'en faut pour le dire.

— Elles sont belles, merci, me dit Laurence, affichant un sourire du dimanche.

Emmitouflée dans une couverture de laine, calée dans un canapé, une infusion à la main, Laurence me fixe avec des yeux d'une candeur désarmante. Je les reconnais. Ce sont les mêmes qui embrasent les écrans du monde entier, chavirant jusqu'au dernier des Kazakhs.

Je m'approche, l'embrasse délicatement sur les joues, du bout des lèvres. J'en ai des frissons.

Que me vaut un tel accueil ? Elle semble rassurée, à l'évidence. Moi aussi. Terriblement. Il est clair que Catherine l'a travaillée au corps.

On s'assoit dans une immense salle de séjour vitrée. En contrebas, un lac à moitié dégelé où le spectacle des bernaches glissant au fil de l'eau, savourant leurs premières heures de repos après l'épuisante migration vers le nord, invite au recueillement.

— Merci de me recevoir. Je suis tellement content.

Je lui tends les deux mains, espérant qu'elle en choisisse au moins une. Elle accepte la droite. Je lui baise les jointures comme si je m'agenouillais devant le pape.

— Tu es venu voir le monstre.

— Quel monstre ? je réponds en tournant la tête à gauche et à droite.

— Regardez bien, monsieur le journaliste.

— Je ne vois pas de monstre. Il n'est pas dans cette pièce, le monstre. Tu es toujours aussi belle.

— Tu es gentil.

— As-tu mal ?

— Je ne sens presque rien. Le chirurgien m'a rassurée : d'ici six mois, tout sera cicatrisé.

— Tu dois être soulagée ?

— Mon visage, c'est mon gagne-pain.

Elle parle lentement, avec une douceur que je ne lui connaissais pas. Chaque phrase semble pesée, chaque mot réfléchi.

— Reste la blessure psychologique… Celle-là risque d'être plus longue à guérir.

— Je suis traitée en véritable reine, ici. Cette pause est une vraie bénédiction. Je pense que j'en avais besoin. C'est un mal pour un bien, finalement.

J'ai envie de lui demander si elle se rend compte de ce qu'elle vient de dire. Mais de quel bien parle-t-elle au juste ? Il n'y a aucun bien ici. Est-elle à ce point déconnectée de la réalité qu'elle ne mesure plus la gravité de l'agression dont elle a été la victime ?

— Qu'est-ce qui est arrivé, Laurence ?

— C'est une longue histoire…

— Oui, je commence à la connaître.

Elle détourne les yeux vers le lac. Son regard s'obscurcit.

— J'ai lu ton *post*. Tu passes l'éponge...

— Je ne sais pas vraiment ce qui est arrivé. Si c'est Chloé, et je dis bien si, qui a essayé de me brûler, je suis prête à vivre avec cette réalité... et avec les conséquences.

— C'est très inquiétant ce qui s'est produit...

— On ne fait pas condamner sa sœur. Toi peut-être, pas moi.

Elle poursuit du même souffle.

— Et puis, j'ai une carrière internationale. Tu sais ce que ça veut dire, une carrière internationale ? Ce que ça vaut ? Je vis dans le regard des autres, Philippe. Je suis une icône. Je poursuis une mission, aussi. Les animaux ont besoin d'être protégés... Ils ont besoin de moi.

Elle se redresse pour bien se faire comprendre, marquant l'importance de ce qu'elle s'apprête à dire.

— Je suis suivie par quatre millions de personnes sur Instagram. Je ne peux pas les décevoir. Divorcer, oui, tomber en dépression, oui, faire un flop, oui, me disputer avec mes producteurs, aucun problème, mais mon conte de fées ne peut pas se terminer de cette façon... Mon histoire est plus belle que ça.

Je la regarde, incrédule.

— Tu ne lui en veux pas ? Chloé a essayé de te faire du mal. Elle est malade.

— Justement, je lui pardonne parce qu'elle est malade. Elle a disjoncté, c'est tout.

— C'est tout ?

— Chloé, c'est l'aînée, tu ne comprends pas. C'est elle la patronne, la chef de famille. Elle est ma plus grande admiratrice et ma pire tortionnaire. Ça a toujours été comme ça. Dans une famille, chaque membre a un rôle à jouer. Le rôle que le clan lui demande de tenir, celui qu'il se compose ou qu'il défend parce qu'il est né et a grandi de cette façon. Père distant, mère aimante, aîné dominateur, cadet anonyme, bouffon de service, l'hérédité n'est pas uniquement biologique. À moins du décès de l'un des acteurs, ce qui revient à redistribuer les rôles, chacun se conforme à son personnage.

— Et tu es prête à vivre avec le personnage qu'elle est…

— C'est que… Je ne veux pas la perdre… Je…

La phrase reste coincée dans sa gorge de longues secondes. Elle prend une inspiration si profonde qu'elle finit par l'expulser.

— Je n'ai qu'elle.

61.

Le voyage éclair Los Angeles-Montréal, les retrouvailles avec sa sœur, la soirée chargée d'émotions et de souvenirs, le rosé qu'elle a bu pendant la journée : Laurence est épuisée. Elle regarde le feu qui crépite. Elle s'est approchée pour sentir sa chaleur. Ses yeux piquent, ses paupières sont si lourdes qu'elles ferment toutes seules. Elle entend au loin sa sœur lui chanter sa berceuse préférée.

Une chanson douce
Que me chantait ma maman,
En suçant mon pouce
J'écoutais en m'endormant.
Cette chanson douce,
Je veux la chanter pour toi
Car ta peau est douce
Comme la mousse des bois.

Laurence s'endort tout doucement.

Le feu qu'alimente Chloé est grandiose. Les bûches éclatent d'avoir séché tout l'hiver dans le cabanon. On peut les entendre se fendre au contact du brasier. Des étincelles comme des lucioles montent dans la nuit. Soudain, un tison roule à quelques centimètres du visage de Laurence. En une fraction de seconde, il s'attaque aux cheveux de la belle assoupie, qui sent une chaleur se rapprocher. C'est l'odeur, de fait, qui la réveille. L'odeur de cheveux brûlés. Les cheveux qu'elle avait laissés pousser pour son prochain rôle. Sa tête est en feu. Une torche humaine. À quelques pas de là, Chloé, absorbée par la contemplation du lac, ne se doute pas du drame qui se joue, jusqu'au moment où elle est alertée par un cri inattendu. Le feu s'est attaqué à sa sœur. Elle se lève d'un seul bond, et jette une couverture sur le visage de Laurence.

« Appelle l'ambulance ! Vite ! » hurle Laurence que la douleur insoutenable rend encore plus impérative.

Réécrire l'histoire. N'est-ce pas mon métier ?

62.

Je laisse l'enregistreuse rouler. Laurence est dans une bonne journée. On dirait que les médicaments qu'elle prend à fortes doses pour calmer la douleur lui ont délié la langue. Elle m'avoue des choses que je ne lui ai pas demandées, qu'elle ne pense peut-être même pas. Ça lui fait du bien, j'imagine. Et puis, au final, elle a toujours un garde-fou qui s'appelle Catherine Steinbeck.

— Je n'ai pas choisi le cinéma. J'ai l'impression que c'est lui qui m'a choisie. Il m'a dit : viens par ici, ma petite. Tu vas voir, si tu m'écoutes, si tu t'écoutes, tout va bien aller. C'est moi, le Petit Poucet, je n'ai eu qu'à suivre les cailloux sur la route. Tout s'est enchaîné par magie. Les astres étaient alignés.

J'ai 45 ans, aujourd'hui. Un anniversaire de plus en moins. J'ai vieilli d'un an en une fraction de seconde. Je me concentre pour écouter Laurence s'écouter parler.

— Je vis dans un monde parallèle, je suis une Alice au pays des merveilles. J'essaie de garder les deux pieds sur Terre, la terre de mon pays natal. La gloire m'aspire. Mais je ne suis pas différente d'un autre être humain. Je respire, je mange, je bois, je fais pipi, je pleure, je me fâche, je réfléchis. Je suis identique à ton voisin et c'est important que je le reste.

Fidèle à la tradition, Jeanne, ma sœur aînée, m'a téléphoné de Suisse. Et elle s'est fait un point d'honneur de répéter les mêmes paroles que l'an passé et que toutes les années précédentes : « Moi, je ne te souhaite pas un joyeux anniversaire sur Facebook ; non, je préfère le faire de vive voix, hein frérot. » Oui, ma sœur, c'est gentil.

Antoine, au contraire, ne s'est pas gêné pour utiliser le porte-voix des réseaux sociaux pour présenter ses vœux. On ne se refait pas. Il compte les *likes* comme il additionne les voix d'électeurs. C'est essentiellement lui qu'il souhaite célébrer. Il a publié une photo légèrement floue de nous deux, enfants, perdus dans l'immensité du salon familial. C'était sans doute un dimanche. Nous sommes habillés proprement. Il est debout, face à la caméra, souriant et conquérant, moi assis en indien, à côté du chien, regardant ailleurs, l'air absent. Sous la photo, il a écrit : « Frères pour la vie. Bonne fête, p'tit gars ! » Je *like.*

Laurence n'a toujours pas fini sa tirade.

— Les Québécois aiment le monde simple, et qu'il le reste malgré le succès. Ces gens peuvent être riches à craquer, fous comme des balais, mais ils doivent rester accessibles, proches des gens. Sinon, on les crucifie, on les rejette, on les mène au bûcher.

Par contre, Jeanne ne me demande jamais comment je vais, ce que je fais, mes joies, mes déceptions, l'essentiel, au fond. C'est étrange qu'une infirmière soit autant dénuée d'empathie. Je crains le pire pour ses patients. Elle m'appelle pour me souhaiter un joyeux anniversaire, point. Elle accomplit sa mission. Elle est programmée, Jeanne. Elle a un formulaire d'impôt à la place du cœur. Dans sa tête, elle coche des cases.

— Je ne veux pas être le pavot dans un jardin de pissenlits, insiste Laurence, celui qui dépasse les autres d'une tête, celui dont la couleur vive fait pâlir les autres. Je dois me conformer. Nous sommes tous dramatiquement égaux dans ce pays.

Marie, ma sœur cadette, elle, répond en tous points à l'idée que l'on se fait d'une illuminée. Je ne sais pas sur quel nuage elle habite aujourd'hui. La seule information terrestre dont je dispose, c'est qu'elle vit dans une espèce d'ashram en Oregon. Elle aussi va m'appeler et sans doute m'offrir un chakra en cadeau. Me parler, moitié français, moitié anglais, comme une inconnue que j'aurais croisée à l'aéroport. Je répondrai : « Merci d'avoir appelé. » Je raccrocherai.

Ce sera tout.

Et je me remettrai à écrire, frénétiquement, des phrases à n'en plus finir, parce que seuls les mots que j'enfile les uns aux autres jusqu'à m'étourdir ont le pouvoir de m'apaiser. Je continuerai de raconter l'histoire des autres en y abandonnant un soupçon de moi-même. Quand on lira les bios de Laurence Stewart, de Steve Baron, d'Hector Rondeau, dans un an, dans cinq ans, dans vingt ans, ce sera ma vie que l'on suivra en sourdine, entre les lignes, tapie dans l'ombre, entre deux révélations d'un autre que moi.

Les deux sœurs ont décidé d'habiter ensemble pendant la convalescence de Laurence.

Deux sœurs, à la vie, à la mort.

André Lazaridès, lui, a quitté la maison avec ses filles.

La poussière retombe.

63.

C'est mauvais. Je recommence. Je veux en finir.

J'ai jeté à la poubelle des pavés entiers de cette bio que je m'efforce de réécrire. En mieux. J'avance à reculons. Je marche dans mes traces, où je m'enfonce, et du même souffle, avec l'énergie du désespoir, essaie de m'en extraire.

Je me corrige. Me purifie de moi-même.

J'ai reçu une lettre d'avocat hier matin, exigeant le dépôt du manuscrit complet dans les deux semaines. J'accélère le rythme. Je cravache la bête de somme en moi.

Je suis boulonné à ma table de travail.

Ce matin-là, il pleut sur Montréal. Une pluie incisive, préambule macabre d'un autre hiver qui s'annonce. On pourrait croire que Laurence Stewart se sauve du mauvais temps. Mais ce n'est pas le cas, elle plie bagage pour Los Angeles. Elle s'installe là-bas, au moins six mois.

La Cité des Anges lui fait une cour assidue. Elle ne peut plus reculer. Elle a peur, bien sûr. Qui n'aurait pas peur de se lancer dans l'inconnu ? D'autres avant elle se sont cassé les dents.

Laurence a 22 ans, autant dire une enfant, au pays des Meryl Streep de ce monde. Elle laisse derrière elle la totalité de ses repères. Tout ce qui lui permet de préserver un certain équilibre. Sa sœur. Sa mère. Tout.

Mais elle se sent appelée à de grandes choses. Le rêve d'une carrière américaine est à sa portée. Les jeunes gens de sa génération qui pratiquent le même métier qu'elle en rêvent un jour ou l'autre : et si je perçais à l'étranger… Et si l'Amérique était mon vrai terrain de jeu, ma terre d'adoption ? On peut être islandais, chilien ou québécois, le talent se moque des frontières, de nos jours. Nourrie aux mamelles du Web, Laurence se sent citoyenne du monde. Sa culture est universelle.

Chloé et Simone sont venues la reconduire à l'aéroport. C'est le grand jour. Sa mère est extatique. Laurence vole en première classe vers Hollywood. Sa fille s'en va vivre la vie dont elle a toujours rêvé. Elle ne peut pas lui en vouloir de partir.

« T'es rendue là, ma petite chatte. Je veux que tu me racontes tout, tout, tout. Tout ce que tu vis. »

Chloé, elle, ne dit rien. Elle voudrait tellement partir avec elle. Jalouse de l'aventure fabuleuse que sa sœur chérie s'apprête à vivre et totalement affolée à l'idée de la voir se jeter dans la gueule du loup, elle sourit pour la forme, balayant sous le tapis ses véritables sentiments.

Dans quelques heures, Catherine Steinbeck cueillera sa nouvelle protégée comme un fruit mûr.

La sonnette de la porte retentit. Je n'attends rien. Ni colis, ni visiteur. Je n'attends plus rien de personne. Je me lève et regarde par la fenêtre. Peine perdue, même en m'étirant le cou, je ne réussis pas à voir l'importun.

Voilà maintenant que l'on cogne avec force. Je me résous à ouvrir.

C'est François.

— Pourquoi tu réponds pas ? J't'ai appelé trois, quatre fois.

— Désolé. Je suis débordé. Je *rushe* comme un malade. Je dois livrer le manuscrit.

— Ça fait combien de temps que t'es pas sorti ? T'as l'air d'un *hobo*, Philippe.

— Quelle heure est-il ?

— Onze heures, *man*. Onze heures du matin. Tu t'es encore explosé la tête ?

— Non, je travaille, François. Jour et nuit. T'as pas l'air de comprendre.

— Ce que je comprends, c'est qu'on va bientôt te ramasser à la petite cuiller.

— J'y suis presque. Laisse-moi. Je vois la fin arriver.

64.

Il fait tellement noir dans le salon que je peine à distinguer l'alliance que j'ai remise à mon annulaire pour je ne sais pas quelle raison. Sentir que j'ai déjà aimé et me rappeler l'avoir été en retour?

Couché sur le tapis, je m'oblige à ne penser à rien, même si je sais la chose impossible, l'effort trop grand.

Tout tourne dans ma tête.

Émilie se prépare à emménager avec Willy. Je suis incapable de lui souhaiter d'être heureuse. J'ai rapatrié tout ce que j'avais de courage pour lui avouer mon inquiétude, au risque de la voir faire ce qu'elle a fait: me tourner le dos et m'abandonner à moi-même.

— Je veux ton bonheur, ma belle.

— Fais-moi confiance, p'pa.

— Ce n'est pas en toi que je n'ai pas confiance.

— Laisse-moi vivre ma vie.

Une lueur. Je crois entendre mon portable sonner. Ce n'est pas encore elle. Je réponds sans rien attendre de ce mauvais numéro.

— Bonjour, Philippe.

— Bonjour. Je peux savoir qui parle?

— C'est Yannis.

— Yannis…

— Tu as l'air étonné ? Tu pensais que j'étais mort ?

— Oui.

Il rit doucement.

— Je n'ai jamais été aussi vivant.

— Votre voix est tellement lointaine. Vous êtes où ?

— Dans un pays où la mer est aussi grande que le ciel.

— Vous êtes chanceux d'être heureux.

— Viens me rejoindre, Philippe.

— Je ne peux pas.

— Tout se peut, Philippe. Crois-moi. Tout. Tu peux même l'écrire si le cœur t'en dit.

— Et pourquoi j'irais vous rejoindre ?

— Pour apprendre qui tu es.

Je suis le messager des dieux que le vent essaie de balayer.

Je m'accroche.

Je me tiens à deux mains à cette bio pour ne pas être emporté.

65.

La Californie brûle.

Les canyons sont orange vif et le ciel, couleur de cendres. Le seul bleu à l'horizon, c'est celui de l'océan, souverain en temps normal, impuissant aujourd'hui à apaiser, même en étirant ses vagues le plus loin possible, les plaies de sa grande sœur, la terre ferme.

Le pays s'enflamme comme une boîte d'allumettes.

On parle de l'incendie de forêt le plus meurtrier de l'histoire de la Californie. Chaque jour, le bilan s'alourdit. Nous en sommes à quarante-deux morts. Des corps calcinés dans leur voiture. Avalés par les flammes dans leur course folle. S'en voulant d'avoir trop attendu. Des gens heureux, surpris dans leur sommeil, entre les quatre murs de leur maison où, hier encore, ils regardaient le *Tonight Show*, insouciants du danger qui rampait dans la nuit.

Personne ne réussit à enfourcher le dragon. Les hommes se sentent démunis devant la monstruosité du brasier. Tout petits. Dépassés. Cet incendie, on ne l'arrête pas, on essaie juste de le ralentir. Il crache des flammes lucifériennes, et sa chaleur est tellement intense qu'elle fait bouillir l'eau des piscines.

C'est donc ça, l'enfer.

Au feu se mêlent les vents, erratiques, imprévisibles, soufflant de la mer ou du continent, engagés dans une valse folle, propre à attiser le désir de destruction de la bête. Comme pour les ouragans, on donne des noms à ces dizaines d'incendies, croyant peut-être les apprivoiser, les rendre moins terrifiants, le temps d'un baptême. Mais la menace ne cesse de grandir et de gronder.

L'incendie de Malibu s'appelle Woolsey Fire. La moitié de la ville est sans électricité. Les habitants fuient par la route côtière, l'unique voie de circulation vers Los Angeles, n'emportant comme seul bagage que l'espoir de ne pas y passer.

Laurence voudrait elle aussi se sauver de cette apocalypse. Mais quelque chose la retient. Un sentiment qu'elle ne s'explique pas, plus fort qu'elle, plus puissant que le feu dont elle voit scintiller les milliers d'yeux dans l'obscurité.

Elle se sent le courage de l'affronter. Elle se revoit enfant, bravant les tempêtes de neige pour aller nourrir les oiseaux. Sautant au-dessus des flammes du feu de camp.

« Je ne veux pas quitter ma maison. Il ne peut rien m'arriver. »

Laurence joue avec le feu.

N'est-elle pas comédienne ? Toujours prête à se mettre en danger ? Marcher au bord du précipice, la tête haute, réussir encore à impressionner ceux qui l'admirent déjà ?

Chloé l'appelle. Elle est inquiète. Elle a vu les images d'horreur à la télévision.

– Non, je vais rester. Les feux sont encore loin, le spectacle, trop beau. On dirait des lucioles, pareilles à celles du lac Manitou. Tu te souviens, Chloé, quand on sortait en cachette la nuit pour essayer de les attraper ?

Ce que je vois, je suis la seule à le voir.

La montagne danse juste pour moi.

66.

Les rideaux sont tirés.

Le clown a enlevé son nez, et laisse le cirque continuer sa route sans lui.

Je suis arrivé au bout du chemin.

Derrière moi, des kilomètres et des kilomètres de terres étranges et de voies rapides, de montagnes inhospitalières et de lacs en flammes.

J'ai fini cette histoire.

Et cette histoire en a fini avec moi.

J'attends qu'elle naisse au grand jour.

Et qu'en retour, le vrai monde se pince pour y croire.

La traduction a été expédiée en quelques semaines.

Laurence a commencé la tournée de médias, trop impatients de braire sur son passage. Avant même que sa plaie ne soit cicatrisée. C'est bien, on peut encore deviner qu'elle a souffert.

Si je n'étais pas aussi fatigué, je pourrais me sentir libéré.

Mousseau l'a, « sa » bio. Catherine Steinbeck, aussi. Je l'ai intitulée *L'étoile du nord*. L'étoile la plus brillante de la nuit, celle que Laurence admirait, couchée sur le quai du lac Manitou. C'est joli comme titre, je trouve. Je réussis encore à trouver des choses jolies.

Je ne sais plus très bien ce qu'elle raconte.

Est-ce que tout ce que j'ai écrit est vraiment arrivé ? Est-ce que quelqu'un peut en témoigner ?

Est-ce important ?

Écrire, c'est mentir un peu, beaucoup, passionnément, à la folie, non ?

Le principal est ailleurs.

J'ai réussi à emprisonner la patineuse dans un bocal.

J'ai capturé l'essentiel.

Faubourg * Marigny

www.faubourg-marigny.com

Par ce logo, nous témoignons d'une volonté de réduire les impacts environnementaux liés aux activités de l'imprimerie. Nous choisissons un imprimeur impliqué dans la réduction des gaz à effet de serre. Le choix de nos papiers assure que la production a été faite à partir d'un produit à base de bois et a suivi le cahier des charges d'une gestion durable des forêts européennes.

Achevé d'imprimer par CPI Firmin Didot (163840) en France en avril 2021
pour le titre « La jalousie est un vilain défaut ».

Suivi éditorial : Céline Garcia
Directeur artistique : Guillaume Bertineau
Conception : Yvoa Mautret

Éditions La Geste
11, rue Norman-Borlaug
79260 La Crèche
contact@faubourg-marigny.com